花《はな》・人《ひと》・情《なさけ》

1

台湾の田舎の畦道で出会った世にも不思議な体験

花は人間を時間旅行に誘い出すタイムマシン

山登りや、山歩きを重ねた人なら覚えがあると思うが、「この花は、前にどこかで見たことがある」、「いつだったかこの花の群落に感激したことがある」、そう思ったことが一度や二度はあるはずである。

花だけでなく、草や樹も、本当は別の個体であるにもかかわらず、時間を越えて、あのときの同じ花や樹だと、人に思わせるのである。と同時に、過去のその花を見たときの自分の置かれていた情況や、立場に、瞬時に連れて行ってくれる。これは不思議な現象といわねばならない。

動物は個体が違うとどこか違うことに気づくことが多いから、そういう現象は起こりにくいが、あるとき、動物、いや人間でもこういうこともあった。

かつての職場の上司が、何十年ぶりかで福島県の田舎の実家に帰ったら、近所の農家の子供たちが道で遊んでいた。その子供の顔を見ると、自分が子供のころに一緒に遊んでいた見覚えのある子供が何人かいたというのである。これはおかしい。自分は歳をとって六十歳を超えているのに、近所の子供たちがそのままだというのは不思議だ。自分だけ歳をとっているのか。これではまるで「逆浦島」ではないか——。

真相は簡単である。自分の子供のころの友達がいたというのは本当ではなく、子供のころの近所の友達の「孫」たちだったのだ。しかも顔かたちがそっくりだった。

種を明かせば何ということはないのだが、人間同士はそれぞれの個体の区別がはっきりつくのに対して、他の動物や、まして植物となると、小さな相違は見えないから同じ種類の植物を見たらみんなあの、過去に見た、また別のところで見た、花そのものだ、と思ってしまうのである。

そうして過去のそのときの自分を思い出す。そのとき持っていた自分の感情さえよみがえってくるのだ。

話が横道にそれるのを恐れずにさらにいうと、四十年以上前、私が二十代の半ばに体験した不思議な出来事がある。

一九七〇年（昭和四十五年）、その年日本では赤軍による日航機のハイジャック事件が起きているが、大阪では万国博覧会が行なわれ、同時に日本初の人工衛星が打ち上げられ、戦後四半世紀、日本の経済復興も次第に本物と言われるようになってきたころである。

二十五歳になったばかりの私は、正月休みを利用してひとり台湾旅行に旅立った。一九六五年以来久しぶりの海外旅行である。

台湾の南の台南という田舎町に行った。例によって私は自分の足であちこち歩き回った。当時、台湾はまだまだ日本の終戦当時のようなありさまで、経済発展もなかった時代。一足先に経済復興をした日本から行くと、人も景色もすべて「終戦後」のちょうど私の子供のころの時代のようでなつかしかった。

田舎道の四叉路で、「ポン菓子」屋がクルクルと火の上で圧力釜を回していた。ご存じであろうか、今でいえばポップコーンであるが、当時は、そんな気の利いたものはないから、鉄製の球形の釜の中に米や麦を入れ密封、くるくるまわしながら下から薪を燃やして熱し、一定の圧力に達したところで、一度に釜を開けると、ドガーンと大きな音がして、用意した網籠の中に一度に米がはじけて飛び出すのである。このとき米は膨らんでポップコーンならぬポップライスになる。子供のお菓子がなかった時代だ。この一式の釜と籠、それに薪を積んだ手押し車を「ポン菓子屋」という。

この「ポン菓子屋」が一年に一回か、二回、地元の公園や寺、神社にやって来るのである。小学校の帰りに、「ポン菓子屋」が小さな神社の境内に来ているのを発見すると、それはうれしいものだった。飛ぶようにして家に帰り、そして米か麦を、二合とか三合袋に入れてもらってポン菓子にしてもらうべくふたたび神社に行って並ぶ。

ひと釜終えるのに三十分くらいかかったように思う。それを待つ近所の子供たちも固唾を飲んで、圧力メーターのついたその不思議な形の器械とおじさんの動作を逐一見るのである。最後のドカーンが一番の見ものだった。

お金持ちの家の子供は、膨らんだ米に、ブリキ缶の中で水飴を入れて練ってもらい、さらにそれが固まらない間に、餅をいれる底の浅い箱（「もろぶた」と呼んだ）に入れて大きな木製のコテで押しつけて固めてもらうのだ。つまり大粒の「岩おこし」のようなものができる。

これを毎日少しずつ、包丁で切って食べる。甘いものの少ない、砂糖のない時代、本当においしかった。当時の子供たちにとっては、ポン菓子は単に珍しいおいしい菓子というだけでなく、年に一度か二度やってくる夢のような存在だった。手押しのボロ車に一式を乗せて来るポン菓子屋だって、決して余裕ある暮らしをしているとは思えない。よれよれの格好をしていた。薪だって、どこかの廃材を拾ってきたものだった。社会全体が貧しく、みんながそうだったから、貧しいことを不幸だとは思わなかった時代である。

台南の郊外の田んぼの傍で、私はそのポン菓子屋を久しぶりに見たのである。私はすでにその存在さえ忘れていた。なぜなら当時は紙芝居と同じように、もう日本ではまったく見ることができなかったからである。本当になつかしかった。私の目の前に幼かった子供のころの光景が広がった。

台湾でも同じように近所の子供たちが米を持ってきてしゃがんで順番を待ち、ポン菓子屋のおじさんの動作をひとつひとつ見ている。私も立ち止まって見た。子供の後ろでひとり大人がいるのは恥ずかしい気もしたが、しばらく待って一回だけ、あのドガーンを見て行こうと思った。

まわりにしゃがんでいる子供たちの服装も、決してきれいだとはいえない。薄汚れた服を着た子も多い。だが、ポン菓子屋のおじさんの動作を、固唾を飲んで見守っている子供たちは楽しそうだった。目が輝いていた。そして最後のドガーンを待っているのだ。

そのとき、畦道の向こうから少し背の高い子供が歩いてきた。坊主頭のその男の子は、ひょろりとしていた。小学校三、四年生ぐらいだろうか。長い足に茶色いよれよれの半ズボン、そしてもうずいぶん着ているのであろう、半袖の白い下着を着ていた。素足に履きつぶれた運動靴。

男の子は、ポン菓子の子供の群れの近くまで来て立ち止まった。そして私と正面から目が合う。私は思わず息を止めた。その姿といい、立ち振る舞い、面影がまるで、幼いときの私と瓜ふたつだったからである。いきなり目の前に、子供のころの私が出現したのだ。

間違いない、私が小学校時代、何年も履いていたよれよれの薄茶色の半ズボンを履いている。

夕焼けをあびて、畦道から来た男の子は立ち止まり、真っ直ぐに私を見た。私は動けなくなってしまった。こんなことがあっていいのだろうか。体つき、顔も目も、動作さえ間違いなく私だった。

私は目が合ったまま動けなかった。確かにあのころの私だ。弱々しく、そして純粋で、傷つきやすく、夢一杯の男の子。私は釘付けになったまま――お互いに目を離さない。私は思わず涙がにじんできた。

男の子はそんな私の気持ちが分かっているかのように、じっと私を見たまま。「そうです自分があなたの幼いときの私ですよ」と言っているように思えた。

私はおもわずうろたえて、一、二歩よろめいたが、すぐに両足を踏ん張って立っていた。それでも男の子はじっと私を見たまま――。

どのくらいの時間だったか覚えがない。ふと気がついて私が「そうだ写真を撮っておこう」と鞄の中を探す。しかし、私が鞄からカメラを取り出し、少年に向かって構えるとその男の子は消えていた。周りの道にも、田んぼの畦道にも男の子の姿は見えなかった。

本当に信じられないような体験だった。私は今でもときどきその夕暮れのシーンを目に浮かべることができる。その子は今、どこで何をしているのだろうかとも。生まれ変わりなどということは本当にあるのかもしれない。仏教の輪廻転生という発想もきっとそういった体験によるものに違いない。今の私と、そのときの男の子の間に、どのような時間が横たわっているのか、あるいは時間が重なり合っているのか。このような体験を科学では説明できるのであろうか。

「邯鄲の夢」とか、あるいは「杜子春」といった物語の発想もこれに近い体験から生まれたものかもしれない。あるいはまた、幼いころの自分と、今の自分とが同時に会うことができたのは、一種の時空転移装置が働いて、タイムスリップが起きたのかもしれない。目の前に現われた少年が、自分の子供のころの自分であるとしたら、少年の私と、今の私の間にある、時間という空間が無くなり、小学校三年生の自分と、二十五歳の自分とが、同じ時間に顔を合わせることになる。まさにワープだ。

ワープ現象を、以前、次のように習ったことがある。何枚もの局面を持つ屏風があって、その屏風の、一面一面に時間が流れている。一番右が赤ちゃんのとき。次々に左に行くにしたがって子供のころ、青年のとき、大人と移っていく。その時間という屛風の、ある二面を後ろに折り畳んで隠したらどうなるか——。屛風の二、三面が合わされて、後ろに折り畳まれ、第一面と、第四面が隣同士になる。すると私の台南の経験のように、少年時代の私と、二十五歳の私とが、隣り合って並ぶことになるのだ。

子供のころの自分に会えたのは、広い意味でタイムトラベルをしたことになる。通常の時間の流れから独立して、過去や未来へ移動すること。つまりタイムマシンに乗って、「過去への時間旅行」をしたわけである。

そのとき即座に、私は少年を見て、彼の考えていること、彼の性格、彼の行動様式を判断することができた。なぜなら同じ人間だからだ。

とにかく不思議な体験であった。帰り道、長い田舎道の一本道を歩きながら私は思った。人間の心や精神は、本当は歳をとらないのではないか。身体は歳を経て、だんだん成長し、やがて衰えるけれど、私の心はまったく少年時代から変わっていない、同じなのではないかと——。

軽井沢の別荘地の道端や庭で、ある時期一斉に咲くベニバナイチヤクソウ（紅花一薬草）を見ると、若いとき山の中で、辺り一面に広がるこの花の大群落を見たときのことを思い出す。学生時代の友人とふたりで上越国境を三日かけて縦走したときの記憶だ。

谷川岳のマチガ沢を上り、最高峰トマノ耳から三国峠に向けて歩いた。急峻な山の背が続く峰々は、日本海と太平洋の分水嶺になっていて、全行程が上ったり下りたりのかなり厳しいコースであった。

足元の右側に降った雨はやがて日本海に流れ、左側に降った雨は、やがて太平洋に流れるのか、そんなことを考えながら歩いた。気象条件が瞬時に、また極端に違ったりするのである。南側の、身体の左半分は太陽が照りつけ、右側は雲の中という極端に言えばそういったときもあった。南と北からの空気や風が、この分水嶺を挟んで常にせめぎ合いをやっているのである。北の雲の壁に向かって、自分の影が映るブロッケン現象もこのときに初めて見た。

雨に遭った。道に迷った。普通このようなコースの場合は、午前中だけ歩いて、午後は野営をする――というのが理想的だが、縦走二日目、見通しのまったく利かないガスの中で、歩きに歩いて、午後六時、日が落ちてからやっとどこかの大学の避難小屋を霧の中に発見したときは、うれしかった。大きなドラム缶を縦に切って伏せただけの小屋だった。後で考えると、よくそんな小屋があの雨と濃密なガスの中で、しかも日が暮れかかってい る中で、発見できたものだと思う。

何と驚いたことに、ドラム缶の中にはすでに先客が三人いた。二日間、人間には誰にも会わなかったのにである。全部で五人、本当に身体を重ね合って互い違い横になって寝た。熊笹がすでにたくさん敷いてあって、暖かかった。明け方、ちょうど私の顔の上の、ドラム缶に空いた穴から雨水が垂れてきて目が覚めた。外はまだ雨だった。

三日目に、三国峠から南に下った。下りはぐんぐん歩いてやっとなだらかな平地に入ろうとするとき、何の樹だったか分からないが、こんもりとした林の中に入ると、一面に咲いているベニバナイチヤクソウの群落を見た。見事だった。誰も踏みつけたことのない、それも大群落だった。何千本、何万本も咲いている。こんなきれいな花の絨毯がこの世にあるのだろうかと思われるほどだった。映画だって、絵だってこのような光景は描けないだろう。想像すらできないに違いない。まるで夢の中を歩いているようだった。靴で踏みつけるのがもったいないくらいだった。

人間は花を見たとき、昔同じ花を見たときの自分に瞬時に帰ることができる。そのとき、自分が何を考えていたか、そのころ何で苦しんでいたのか、悲しんでいたか――時間を超越して、過去の自分に帰ることができるのだ。これは人間だけの特徴だろう。過去の思い出が多い人間ほど、そうした機会が多い。時空転移装置（タイムマシン）が働くのだ。花は瞬時に人をタイムスリップさせてくれる。

歳を重ねると時空転移装置のお世話になることが多い。ベニバナイチヤクソウをみると、あの苦しかった、ひょっとしたら遭難していたかもしれない上越国境の辛かった縦走を、そして若かったそのころの自分を思い出すのだ。時空転移装置が働くと、過去の自分、あのときの半ズボンの少年が、目の前に現われる。昔見たポン菓子屋と一緒に、純粋で弱々しい少年時代の自分が出てくるのだ。

歳をとると、人生の襞が増え、皺も増え、そして楽しみも多くなる。タイムマシンのお世話になることが多くなるのだ。

2

人生で一番すばらしかった授業

四十年後に解けた老教授の疑問

十八歳のとき田舎から上京し、大学一年生で聞いた最初の授業が花の話だった。

その話をしてくれたのは、私の学部の先生ではなく、年老いた経済学の先生で、当時話題になった「南北問題」の研究家だった。南の、今でいう発展途上国が、長い植民地政策の影響でゴムやサトウキビ、あるいはバナナといった単一作物の栽培に依存した経済状態、つまり自給自足のできない「モノカルチャー経済」で、北の先進国がいかにそういった国々を蝕んでいるか、といった話を一年かけて聞くはずであった。ところが、その老教授は、まったくそういった経済の話をすることなく、自分の想い出話というか、若いころの話を

次々にしてくれたのである。その話がまたよかったのでサボル者はなく、大教室での授業はいつも満杯、終わると必ず大拍手だった。その老教授には一年間を通して経済学以外のいろいろな話を聞いたが、最初の授業の話はとても印象的で、それは今でもはっきりと覚えている。

老教授は静かに話しはじめた。

「みなさん、この学校によくいらっしゃいました。ぼくも四十年以上前に、田舎から希望に胸を膨らませ、学生服を着てこの学校の門を潜ったのです。そのときの感激は今でも昨日のように覚えています。そのころは私も、そして多くのほかの学生たちもみんな真面目でしたから、無我夢中で勉強しました。

入学して、あっと言う間に四カ月がたち、初めての夏休み、私は学生服を着て角帽を被り、故郷に帰った。ぼくの故郷は山陰線、京都からお金を節約するために鈍行列車に乗り、各駅停車でひとつずつ田舎の駅に停まりながら、窓の外の景色を見て帰った。乗客はほとんど乗っていなかったなあ」

先生はこのように話しはじめた。遠い昔を思い出すように少し遠くを見ながら話した。単純に四十年前の話としても、大正十三年ということになる。どうも先生の故郷は出雲の方だったように思う。

ある駅で、先生が乗っていた列車に、ひとりの若い女性が乗って来た。色の白い素敵な女性だったという。それに着物を着ていた。久留米絣に、地味な黄土色の黄八丈《きはちじょう》の帯。先生より少しばかり年上だったかもしれない。

その美しい女性は、がらがらの列車にもかかわらず、先生の座っているボックス席の前に来て、ちょっと会釈して目の前に座った。若かった先生はどきどきした。黒い学生服に角帽、それに久留米絣に黄八丈である。ほかの客からみればちょっと目立った取り合わせであったろう。

彼女はずっと黙って窓の外の景色を見ていた。もちろん先生も黙っていた。そうやっていくつかの駅が過ぎた。

先生は何とかその女性に話しかけねばと思った。それで彼女の足元を見ると、生け花の花が紙にくるんで置いてあった。たくさんの小枝に、紫色の小さな花がたくさん付いていた。先生は思い切って話しかけた。

「生け花をされるんですか」

「はい」

と彼女は先生の方に向き直って、返事をした。ちょっと微笑んだ眼と、白い歯が、またびっくりするほど美しかった。

と、ここまで老教授は話をして、一息入れ、教壇の上の水をひと口飲んだ。そのころには、我々学生は、すっかり先生の話の虜になっていた。早く次が聞きたかった。

老教授は、水をひと口、ふた口と飲み、またゆっくりと話しはじめた。

その女性は、はい、と言ったきりだった。先生も後が続かない。その後の質問は考えていなかったのだ――。しばらく沈黙が続いた。

先生はこのままではまずいと思い、次の質問を考えた。それで、また尋ねた。

「その花は何という花ですか」

「ええ、これは枸杞《くこ》といいます」

と女性はまた微笑みながら答えた。

傍から見ていたら何というぎこちない会話だったろう。それほど、そのころの先生は、というよりそのころの学生はみんなそういうふうに無骨な男たちばかりであった。今のように男がべらべらおべんちゃらなんか言わない。


花束をみると、たくさんの小枝に、先の尖った玉子状の葉と、小さな五弁の紫色の花が無数に付き、白い大きめの雄しべが花から突き出ていた。これが枸杞というのだろうか。

先生は、さらに質問をした。次第に彼女と話すことに勇気が湧いてきたのだ。

「生け花はもう長い間やっていらっしゃるのですか」

「ええ、少しばかり」

「少しばかりというのは何年ぐらいですか」

「……もう十五年以上になりましょうか」

女性はすこし間を置いてから答えた。

「えっ、十五年?」

先生はびっくりした。十五年もの間何かひとつのことをやるというのは、その当時、二十歳《はたち》前の先生としては考えられなかったからである。その女性は、おそらく子供のときから生け花をやっているに違いない。

先生はさらに遠慮なく尋ねた。質問の中身というより会話を途切れさせないということの意味合いの方が大きかった。

「生け花の極意はなんですか」

先生はいきなり愚かな質問をした。

女性は、少し驚いたようだったが、これも少し考えてから親切に答えた。

「生け花の習練にもいろいろな段階があると思います。習いはじめは第一段階、それから第二、第三と、そして最後は第四段階まであります」

「第四段階まであるのですか」

女性は「ええ」と言ったままそれ以上は言わない。

先生は催促した。

「生け花の第一段階というのは何ですか」

彼女はゆっくり答える。

「生け花の第一段階は、手で生けるんです」

なるほど。当然、そうだろう。生け花は手で生けなくては生けられない。花を切ったり、花瓶や水盤に差したり、何事も手作業の熟練が必要だ。

「第二段階は?」

「第二段階は、目で生けます」

ほう、今度は目で形を整えるか。見た目がよくなくては駄目だからなあ。先生はそう思った。確かに流儀によって違いがあるが、花の差し方にもいろいろな「定型」があって、それに則って生けていくのだろう。そうすれば美しい形になる。

「第三段階は?」

「第三段階は――心で生けるんです」

そうか。心がなくては駄目だからなあ。何事も心がこもっていなくては。生け花だって
そうだろう。

「第四段階は?」

先生はたたみかけるように尋ねた。

「第四段階は――」

と美女はちょっと口ごもってから、

「最後は足で生けるんです」

と微笑んだ。

「えッ」

先生は耳を疑った。思わず、目の前の女性が、着物の裾を乱して、白い足を出し、花を
生けるシーンを想像したという。


女性がそこまで話したとき、列車は山陰線のとある田舎の小さな駅にゴトリと着いた。

女性は急に立ち上がり、

「私はここで降ります」

と言って、枸杞の花を持って挨拶もそこそこに降りて行ってしまった。あっという間の出来事だった。先生はひとり残された。

ところが、久留米絣の女性は、人影も少ないホームに降りてから、なんと先生の窓の外まで歩いてきて、ずっと列車が出るまで黙ったまま見送ってくれたのだという。先生があわてて開けた窓の、内と外とでふたりは伏し目がちに顔を合わせた。

先生は何と言っていいか分からない。何か言わなければいけなかったが、言葉にならなかった。それに生け花の最後の段階、第四段階の極意を聞かないと。いや、それよりもっと聞かなければ、言わなければいけないことがあるはずであったが、先生は言えなかった。彼女もずっと黙っていた。やがて、列車は動き出した。

こうして、先生の短い淡い初恋は終わった。

そのとき初めて出会い、そしてすぐに別れてから、もちろんその後もずっと会えなかった。住所も連絡先も何も聞かなかったからだ。

そして、四十年以上の年月がたった。若き学生だった先生も学校に残ってやがて教授になり、今では停年も過ぎている。しかし老教授は今でも春になり新入生が入ってくると、そのときのことを、つい昨日のことのように思い出すのだという。

「私も、もうおじいちゃんと言われる歳になってしまった。彼女がもし生きていたら、同じようにしわくちゃのおばあさんになっているかもしれない――」

老教授はため息をついた。それからまた水を一杯飲んだ。

「ところで私もこの歳になり、最近、足腰が弱ったので、健康のために、一年ほど前から山歩きをしているんですよ。山野を歩いている間に、あることに気がついた。あの若き日に出会った久留米絣のあの人が、最後まで教えてくれなかった、生け花の最後の第四段階、その真意は、着物の裾を捲って足を出し、枝を折り、足で花を生けるのではなく、本当は、自らの足で野や山に出て、自然の中に生えている草木や花の美しさを見つけ出すこと――、それが〈足で生ける〉という極意ではなかったかと――。

そう思ったんですよ。自然の中にみずから踏み入って、草花や自然の美しさを見い出す。

あのとき彼女はそれを言いたかったのかもしれないと。

そうだとすると、何と四十年ぶりに謎が解けたことになる。このように老いて、死ぬ前になってですよ――。よかった。これで私は安心してあの世に行けるというものです」

私たち学生は黙ってしまった。先生はずっと四十年間、彼女のことを思っていたのだろうか。

「ああ、それから、お願いがあります。もし万一みなさん方の中で、夏休みになって、山陰の方に帰る人がいたら、鈍行列車の中に久留米絣と黄八丈の帯を締めたおばあさんがひょっとしたら乗っているかもしれません。見かけたら尋ねてみください。四十年前に列車の中で、学生服の青年に生け花の極意を途中まで話したことがなかったかと。そして、その学生が、今でも教壇で、あなたのことを生徒たちに話しているということを。四十年ぶりに〈生け花の極意〉が分かったと――」

そう老教授は静かに言って微笑み、それで授業は終わった。

それから後も老教授からはいろいろな話を聞いた。先生の話はいつも花と、着物を着た美人が出てくる。それから場所も、福山の沖、鞆の浦の仙酔島とか、山口県の萩だとか、場所のセッティングもなかなかいい。だから印象的な話になる。

「諸君、蓮のような美しい花も、濁った泥の水の中から咲くんです。自分の育った環境が悪ければ悪いほど、頑張る根性が養われ、その結果美しい花が咲く。きれいな水からは決して蓮の花は咲かない。親がいなかったり、金銭的に恵まれなかったり、もしこの教室の中にも、苦労して育った人がいたら、それはむしろ自分が逆境で育ったことに感謝すべきです」

そういった話もあった。みんないい話だった。授業が終わるたびに、大拍手だった。

それから五十年、今、私自身その老教授の歳になった。私は、久留米絣の美女にも、黄八丈の帯を締めた女性にも会えなかったが、今でも大学時代で覚えている授業といえば、その老教授の話である。今でも私の心の中には、久留米絣に黄八丈の女性がいるのだ。

3

曼珠沙華の想い出

秋祭りの最中に突然消えた彼女

十八歳まで田舎で育ったものだから、当然のことながら東京に出てきても、なかなか都会にはなじめない。東京は広くしかも知らない人ばかり。とても「わが町」と呼ぶまでにはなかなかならなかった。
当時、私にもやっとガールフレンドができて、二週間に一度デートをした。私よりふたつ年上だった。金もないし、気の利いた遊び場所も知らない。どこに行っていいかわからなかった。それであるときから、ふたりで東京の祭りをあちこち尋ねて歩くことにした。
本来、祭りというものは、自分の地元の祭りに「参加」するものだ。だが、東京という大都会は、いつまでたっても自分の町とは思えない反面、東京のどの区にいても、周辺の埼玉県や神奈川県に住んでいても、みな一様に「自分は東京に暮らしている」と思わせるところがある。

だから、東京のあちこちの祭りを見て歩くと、なんとなく「東京の祭りに参加した」という思いがするのである。それに気づいたのはずっと後になってからだが、そのうえ、私は、東京出身の彼女と付き合うことによって、自分が、一歩、一歩、「東京の人間」になっていくような気がしてうれしかった。

また東京の人間になるために、あちこちの祭りに参加することが、もっとも近道だということにも気づいた。

彼女が、神社や寺の祭りや縁日を調べてきては、私に教えてくれ、日曜日そこにふたりして行くのである。東京には有名な祭りや縁日がたくさんあった。彼女はなんでもよく知っていた。

ある天気のいい秋の日曜日、私はいつものように彼女とデートした。その日は特別の目的などなく、中央線沿線の私の下宿のある駅から、北に向かって歩いた。川を越えてさらに北に行くと大きな神社があるはずであった。もちろん行ったことはない。いつも見る、駅前の看板地図にみどりの敷地の神社があったからである。それに下宿のおばさんが、そこらまで行くと、今は曼珠沙華がたくさん咲いているからと教えてくれた。

大きな神社であった。それに森の中から、「どーん、どーん」と太鼓の音が聞こえて来た。その日は年に一度の秋祭りであった。これはいい。

曼珠沙華が神社を囲むようにして、低い土手にたくさん咲いていた。秋の日を受けて、朱い色が鮮やかだった。どちらかというと暗い感じの常緑樹の鎮守の森の中で、曼珠沙華の群落は、見る者の気分を明るく晴れやかにしてくれる。島崎藤村は力のない秋の日を「壺の内なる秋の日の」と詠んだが、おだやかな心休まる明るい日差しの秋の日であった。

神社を囲む曼珠沙華の土手をしばらく回り込み、やっと正面の鳥居まで来る。かなりの人出である。三社祭りとか、神田明神とか、あるいは池上本門寺の縁日といった、東京でも指折りの大きな祭りではなかったが、この辺りでは古くからある有名な祭りらしい。

人込みに紛れながら、両側に出店のある参道を本殿まで、彼女と並んで歩いた。その本殿の中から、どーん、どーんという太鼓の音が散発的に聞こえてくる。ひとつずつゆっくりと鳴る、そういった散発的な太鼓の音は、私にとっては初めてだった。

本殿の前まで来て、その太鼓は、客が並んで順番に叩いていることに気づいた。私は、「自分もぜひ並んで叩きたい」と彼女に言う。彼女はすぐに私と一緒に並んでくれた。

しばらく待って、やっと私の順番が近づいてきて、ふと気がつくと彼女はいつのまにかいなくなっている。おかしいなあと思いながらも、せっかく待った順番を離れるわけには行かない。なにか買い物か、あるいはトイレにでも行ったのだろう、と私は自分の番を今や遅しと待った。

その神社では、みんなは順番が来ると、ひとり一本、大きなバチを貸してもらい、どーん、どーんと二回ほど叩く。いよいよ私の番が来た。私は思い切って、自分にはバチを二本貸してくれないかと頼んだ。私の田舎では、子供のころから二本で叩いていたからである。自慢じゃないが、子供のころから「鍛えた」わが田舎の神社のはやし太鼓の乱れ打ちである。

私の田舎の叩き方は、太鼓の皮に向かってバチを振り上げるのではなく、太鼓の横に、足を踏ん張って立ち、腰をつかって横から大きく振りかぶって叩く。腕で叩くのではなく、身体全体で、腰を入れて、全身全霊で叩く。これはかなり疲れるのだ。

子供のころから、そのように祭りの一週間も前から叩いた。学校の行き帰りにだ。土曜日は昼から、日曜日は朝から晩まで叩いた。太鼓のまわりに輪をつくって順番を待ち、疲れたら替わる。二日目には早くも手のひらの、ちょうど指の下にひとつずつマメができ、やがてそれがつぶれてしまう。ハンカチを手に巻いて叩く。まめがつぶれても叩く。ハンカチが血で真っ赤になっても叩くのである。


久しぶりの太鼓である。少し大きすぎるバチだったが、私は思い切って叩いた。それまでのどーん、どーんではなく、「どんどん、どんどん、どんどこどんどん、どんどこどんどこ」リズム感のある、それでいて力強く、そして弱く、早く、遅く、昔取った杵柄、わが故郷の自慢の乱れ打ちだ。

これには、みんながびっくりした。周囲からおもわず「おー」と声が出た。私は渾身の力を込めて叩いた。まわりがどよめくのが分かった。

しばらく叩くと、私は息が切れた、これ以上は叩けないところまで叩き、私はやめた。周囲から拍手が起こった。私は、我を忘れて、自慢の乱れ打ちをしたことが急に恥ずかしくなり、すぐに群衆の中に入った。そのときになって初めて、彼女のことを思い出した。どこに行ったのだろう。私は彼女を目で探した。

だがなかなか分からない。動くとさらに分からなくなってしまう。私は同じところに立ったまま周囲を必死になって探した。

彼女が人込みの中から現われたのは、それからしばらくしてからだった。笑うでもなく怒っているわけでもなく、ちょっと不思議な顔をしていた。

一体、どこに行っていたのか、私は聞いた。彼女は答えなかった。

しばらく歩いて、さっきの曼珠沙華の土手まで来て、彼女はやっと口を開いた。

「実は、あまりにもあなたがひ弱なので（当時、私は痩せてひょろひょろとしていた）、ひょっとしたらみんながどーん、どーんと叩いているのに、あなたが叩いたら、音が出ないのではないかと思った。それで恥ずかしいので、隠れた」と言うのだ。

それがみんなの注目を集めて、叩き終わった後は、拍手喝采だったから、今度は彼女が、疑ったのを恥じて私の前に出られなくなったのだという。彼女自身も、驚いたというより、びっくりしてしばらくは声も出なかったらしい。

私の面目は一新した。もちろん彼女に対して、私の株があがったのだが——。


曼珠沙華をみると、いつもそのときのことを思い出す。彼女とはそれから何年か付き合ったが別れた。

秋祭りの太鼓と、曼珠沙華と、そして年上の彼女。今となれば、二十歳《はたち》過ぎの幼い、そして悲しいほど切ない想い出である。

4

山吹の花は咲けども

学費値上げ闘争のころ。初めての機動隊学内突入

大学三年生の冬であった。

いつになく休講が続き、学生たちは時間をもてあましていた。普通の休講なら喜んで街に繰り出し、喫茶店や麻雀屋に入り浸るのであるが、それが一カ月になり、二カ月になり、三カ月になると、もう異常としかいえない状態だった。

そのころはまだ、政治的なイデオロギーによる学生運動ではなく、「学費値上げ反対闘争」が表看板になっていた。もちろん左翼運動家によってリードされていたのであろうが、一般学生はそれほど政治的色彩を帯びていなかったように思う。もちろん私もそうである。

だからデモも滅多に参加したことはなかった。

夜は友人の下宿で時間をつぶした。学部も、学年も違う五人の仲間がひとつの下宿に集まって、だべったり、麻雀をしたり、そしてギターを弾いたりしていた。それは夜中の二時にも三時にもなった。誰でも自由に、何時でも出入りでき、襖一枚が仕切りだった。学校のまわりの安下宿は、大方はそんなものだった。戦後の急速な大学生の増加で、ただ受け入れて卒業させればいいという典型的なマスプロ大学であった。そのころにはすでに大学の教育は地に落ちていたといっても言い過ぎではなかろう。

休講で大学の休みが続き、運動はますます過激になっていったのであろう。あろう、というのは、我々は日頃運動に直接参加しているわけでなく、時折呼びかけに応じて、学内のデモに参加するだけで、日頃は休講の恩恵にあずかって遊んでいたのである。そのうち次第に学内は緊張の色が濃くなっていった。

学校の近くの大きな喫茶店では、夜遅くまで、さまざまなグループが集まって、相談したり、決起集会が行なわれた。夜遅くまで、いや、朝までである。

もちろん我々一般学生も、つるんで様子を見に行った。そうした終日営業の大型喫茶店が、学校のまわりにたくさんあったのである。

数時間おきに運動のリーダーが見回りにやってきた。O議長という有名な学生運動家であった。彼が現われると、ざわめいていた喫茶店が一度に静かになった。彼はみんなに現在の状況を、大きなつぶれた声で、しかし歯切れよく説明して、引き続き待機するように指示した。

そうした状況が何日か続いた。

そしてついにその日が来た。明日いよいよ戦後初めて、わが大学に「カンケン」（官憲）が入るというのである。そのことを知ったのは午前三時ころであった。寒い冬の深夜だった。いつものように四畳半の二階の下宿に、いつもの五人が溜まっていた。そのとき遠くから何か悲痛な叫び声が聞こえた。その声は次第に近づいて来た。寒い夜空に声は響きわたった。

声の主は学生運動家の下っ端だった。下っ端だというのが声で分かるのである。しかし素人に近い方が訴えはよりリアルだった。大学の周辺の学生がいそうなアパートや下宿のまわりを、彼らは叫んで歩いたのである。時計をみると午前三時十分であった。「いよいよ今朝、戦後初めて、官憲がわが学内に侵入するという暴挙に出ることが確認されました。わが大学を護るために、明朝六時までに学校に集合してください」、そういった内容であった。隣のアパートも、一軒置いたその隣も学生宿だった。その声で町全体がどよめいたように我々は思った。ついに来るときが来たか。

そのとき狭い部屋で、赤い赤外線ランプのついた電気こたつを囲んで、我々が何をしていたのかは覚えていない。五人は思わず顔を見合わせた。ほんのわずか沈黙が続いた後、ひとりが「行こう」と意を決したように言った。その声ですべては決まった。

一度それぞれの下宿に帰り、防寒具を着て大学に集合した。緊急事態の発生と、大学を護れという呼びかけが功を奏したのか、校内はすでに学生で一杯だった。五人はそれぞれ自分の学部の集会に参加し、いったんはばらばらになった。辺りはまだ薄暗かった。

教室でアジ演説を聞き、キャンパスに出て、デモを行なった。「学費値上げハンターイ、官憲の学内侵入を許さないぞ」と叫んで、学内をジグザグ行進した。他の学部も同じようだった。たくさんの学部、グループのデモ隊が渦巻いた。二千人か三千人か、分からない。とにかくすべてが初めてのことであった。

それから正門の前に集合した。何重にも重なって、門のない幅二十メートルもある「正門」は学生たちであふれかえった。他の出入り口も、おそらく他の学部の学生で固められていたであろう。そうした出入り口はほかにもたくさんあった。門のない開かれた学校、学校の中も外も町の一部、というのが自慢の大学だった。

「正門」の二、三段ある階段の上に我々は何列縦隊にもなって、いわば、大学を護るべく盾のように並んだ。ぎっしりと、数百人いや千人はいたかもしれない。その中にいるとなんとなく自分が強くなったような気がした。人間の群集心理だろう。そうして何十分かがたった。ずいぶん待たされたように思う。何を待っているのか分からなかった。

東の空が白み、次第に町が明るくなってきた。それでも私たちはずっと待たされた。リーダーからは何の指示もない。そのころには校歌や、応援歌などは歌い尽くされ、しばらく沈黙が続いた。我々は何を待っているのか。そう感じざるを得ないような時間が静かに流れていった。

正門の前にまっすぐ続く広い通りがあり、その遥か彼方に、何やらうごめく黒い影がみえた。それはあまりに遠く、小さかったため、初めは何か分からなかったが、次第にその蠢きから機動隊ではないかと思われた。我々は途端に身が引き締まる思いがした。今から何が起こるか分からなかった。

だが彼らはいっこうに動かない。沈黙の静と静の対峙は長かった。私は一時間ぐらいと思ったが実際はずっと短く三十分ほどだったかもしれない。黒い機動隊が次第に近づいてきた。その黒い影はあっという間に正門の前に群れとなって集まり、我々と向き合った。機動隊を間近で見るのは初めてだった。

その圧倒的な機動隊との勝負はぶつかる前から決まっていた。たくましい身体、大きな身長、プラスチックで顔面を覆い、紺色のさまざまな防具で身を固めた機動隊の男たちは、まるでロボット戦士の軍団であった。我々はその出で立ちと、無言の圧力に恐怖を感じた。「カカレェー」の命令で、彼らは一斉に我々学生に突っ込んできた。何の訓練も受けていない、体力さえひ弱な学生たちはあっという間に、組織だった戦士たちの突入を、しかも隊列の真ん中から許してしまった。それでもしばらくもみ合った後、我々は次第に分断され、最後は蜘蛛の子を散らしたように、逃げた。まるで勝負になっていなかった。私の傍の何人かがしゃがみ込んだり、倒れたりした。だが機動隊は容赦しなかった。すぐに引き起こされ、ごぼう抜きに後ろに手際よく送られて、検挙された。それを見ながら私も逃げた。

散り散りになった我々は、学校の隅や教室に隠れた。町に逃げた者も多い。何十人かあるいはもっと多かったかもしれないが、このときに検挙された。

衝突が一段落すると、まるで申し合わせたように機動隊はさっと引き揚げた。あれだけの人数が、どこに行ったか分からなかった。

それから一時間ほどして、学内外に散り散りになっている学生たちに再び集合がかかった。集まった学生たちはまた正門の上で何列縦隊かになり、校歌を歌った。アジ演説はなかったように思う。みんな先程の衝突と、検挙で、顔色が変わっていた。こんな暴力が許されていいのか。多くの学生たちは、自分たちが蹴散らされ、力ずくで検挙されるなどということは、思っていなかったから、憤りで一杯だった。まだ学生運動にヘルメットも、ゲバ棒もなかった時代である。

歌を歌って、「こうした暴挙は許されない」というアジ演説があって、我々は再び隊列をつくって町に出た。それから町の中をグルグル回って、少し離れた文学部の前の広場に集合した。

このとき我々五人の仲間は再び顔を合わせた。午前三時すぎにいつもたむろしている下宿を出てから、すでに六時間以上たっていた。お互いに自分はどうした、どうだったと語り合った。

広場には長椅子がたくさん用意してあった。みんな疲れて座り込んだ。その前でまたアジ演説があるのだろう。またしばらく待たされた。そのときの私の服装は、冬のオーバーにキャラバンシューズだった。

オーバーは、古い親父のオーバーだった。おそらく古いので日に焼けて変色していたから、一度ほどいて生地を裏返しにし、再びオーバーに仕立ててあったのだろう。左にある胸のポケットが右にあり、糸で縫いつぶしてあった。しかし生地だけは戦前の厚手の生地でしっかりしたものだった。当時、革靴を持っていなかった私は、日頃は運動靴だったが、そのときはデモを見越して、キャラバンシューズを履いていた。それも自分のものではなく、近所の友人の下宿から捨てられているキャラバンを拾ってきたものだ。そのころの下宿屋は、誰でも自由に入れ、広い玄関はいつも開けっ放し、大きな下駄箱の隅には下宿を出るときに置いて行った靴がたくさんあった。どれも古いものだったが、使えそうなものを持ってきたのである。それがさらに古くなるとまた交換しに行った。その使い古しのキャラバンで、私の学生時代の山登りは行なわれたのである。すでに穴があいたり、破れたりしていて湿原を歩くときは水が中に入ってきてびしょびしょになり、長時間履いていると足がふやけた。

そのとき広場の中にいたのは五百人くらいだったろうか。はっきりは分からない。明け方の正門前の決起集会から比べると、三分の一か、四分の一ほどになっていたと思う。しばらくすると、垣根の向こうに機動隊が現われた。ひとり、ふたりと数えている間に、すぐに一列になり、後ろをみるとこれまた文学部に続くスロープにも機動隊が並んでいた。私は咄嗟に包囲されていることに気づいた。これは危ない。

やや時間を置いて、機動隊が垣根を越えて広場に入ってきた。後ろの機動隊も迫って来る。広場に入った機動隊は、おそらく両手を広げるように繋がって、輪を狭めて来た。私はふらふらと立ち上がり、みんなとは逆に機動隊に向かって行き、さも関係ないような素振りをして、輪の外に抜け出ようとした。一瞬ひとりの機動隊員が私をいぶかり、すぐに後ろから私のオーバーをつかんだ。厚いしっかりした生地のオーバーは、つかまれても破けることはない。私は前のめりになり懸命に前に逃げようとした。必死である。引き合いが続いた。おそらく私が最初の獲物だったに違いない。どこかで逮捕の命令が出る前、もう少し早く輪の外に出ていれば、つかまらなかったのにと私は思った。

それでも私は後ろをふり返ることなく破れたキャラバンで踏ん張って前に進んだ。後ろからオーバーをつかまれたままである。背中の一点をつかまれているにもかかわらず、私が前に逃げようとするものだから、力が上半身全体にかかった。私はそれでも前進した。

この背中をつかまれたときの感覚を、私はその後もずっと覚えている。それが私の生涯を決定したかもしれない運命の一瞬だったからだ。

時間にするとほんの一瞬だったのだが、私にとっては長い時間だった。私の前に逃げようとする力が強かったのか、あるいは機動隊員のオーバーをつかんでいる手が滑ったのか、私は突然に放された。つんのめりながら私は転倒し、すぐに起き上がって逃げた。鉄製の垣根を越えてまた転んだ、と思うがよく覚えていない。とにかく夢中だった。しかし、逃げ切ることができたのである。

垣根を乗り越えて、歩道に出たところで、また機動隊につかまりそうになったが、それもうまくかわせた。

広場ではその後悲惨な光景が展開した。数百人の機動隊の包囲の輪が、次第にすぼめられ、学生たちの逃げ道を完全に塞いだ後、ひとりずつごぼう抜きにして検挙したのである。最初からすべての学生を検挙するつもりだったのだろう。檻のついた車が十数台、少し離れたところに待機していた。

全員検挙するにはかなり時間がかかった。素直に機動隊に従う者もいれば、抵抗し暴れ回る者もいた。だがいずれにしても勝負は決まっていた。

逃げおおせた私をはじめ、輪の中にいなかった学生たちは、文学部の中で行なわれている一斉逮捕劇を、道路を隔てた北側の神社と寺のある山の斜面から呆然として見ていた。みんなが口々に、機動隊を罵った。大声で怒鳴った。怒鳴りながらみんな泣いていた。涙がどんどんあふれてきたが、みんな払おうとしなかった。怒りが腹から込み上げてきて頭の先に突き抜けるのが分かった。

「逮捕者、三百数十人」

はっきりとは覚えていないが、翌日の新聞にはそういった数字が一面に躍った。戦後初めて大学に官憲が入った「記念すべき日」であり、学生側にとっては「敗北と屈辱の日」であった。

私と一緒に行った下宿仲間の五人のうち三人が逮捕された。私は自分が逃げたことを恥じた。三日目に彼らは「ブタバコ」から出てきた。友人の父親が、弁護士で、保証人になって出してくれたのだという。そしてまた長い休講。そのまま学校は春休みに入った。

後になって気がついたことだが、このとき逮捕された学生は、その後四年生になってからきちんとした就職ができなかった。まるで連判状のように、各企業に逮捕者の名簿がまわっていた。まして一流企業などは絶対に就職できなかった。一年後、就職活動をし始め、内定者が出るころになって、それが現実になって我々の目の前に突きつけられたのである。もちろん仲間の三人もそうだった。その後、彼らは極端にいうと、一生その「罪過」を背負っていかねばならなくなったのである。だが、そのとき我々はそのことにまったく気がつかなかった。

「ブタバコ」の様子も一通り聞き終わると、私たちはまたもとの生活に戻ったが、毎日下宿でたむろしていても仕方がない。四月の新学期までまだ一カ月はある。

そこでいつもの春休みのように、お互いそれぞれの田舎に帰ることになった。

友人のHは和歌山へ、もうひとりが鳥取へ、そして広島へ帰る私の三人が西へ向かう組だった。そこで私と「鳥取」は、Hの和歌山の実家に寄ってから帰ろうということになった。三人の初めての南紀への旅であった。私を除いて後のふたりは「ブタバコ」から出てきたばかりだった。もちろん紛争の精神的後始末は終わっていない。これだけは絶対に親には言わないようにしようと誓っての出発だった。

名古屋から伊勢神宮、新宮から那智勝浦を通って、那智の滝に。

那智の滝は遠くから見ると、断崖にかかる白糸のように見えて、その美しさは、思わず声を上げるほど。それが、近づくにしたがって百三十三メートルの絶壁から落ちる水のすごさに圧倒される。美しい風景としての滝から、人間の魂を、その根底から揺さぶる力強い水の「圧力」のような滝に変わる。いや暴力といってもいいかもしれない。我々は滝壺の傍でしばし言葉を失った。すさまじい勢いの大量の水が、目の前に滔々と落ちてくる。すごい。

ふと気がつくと、白装束の修験者の一団が、滝壺の方から一列になって帰って来た。滝壺で修行をしていたのだろうか。すれ違いざまに、彼らが集団で何か唱えているのが聞こえた。我々はまた異次元の世界に吸い込まれた。

私は、同じような日光の華厳の滝を思い出した。ここより四十メートルも低いが、滝の上から、明治三十六年、当時一高の学生だった藤村操《みさお》が飛び下り自殺をしたのは有名である。遺書は「厳頭の感」であったか。

「悠々たるかな天懐、遼々たるかな古今。五尺の小躯をもってこの大をはからんとす——萬有の真相は——日く『不可解』。我この恨を懐いて煩悶、ついに死を決するに至る。既に巌頭に立つに及んで胸中何等の不安あるなし。始めて知る大なる悲観は、大なる楽観に一致するを」

どこかで前に読んだことがある。

黙ったまま、三人は滝から引き揚げた。滝の傍にいる間、我々は、東京での学園紛争のことは忘れていた。なぜならここまで来る列車の旅の間中、口にこそ出さなかったが、三人の胸の底にはいつもそのことが沈殿していたからである。あの朝の一斉検挙と憤り、後のふたりは「ブタバコ」に入った屈辱と挫折感、そういったものが、太古から変わらぬ滝の滔々たる流れに、打ち消されたのだろうか。滝は我々の持っている煩悶そのものも、まるで斟酌することなく百三十三メートルの高さから降り注ぎ、滝壺で砕け散っていた。世の中がどんなに変わろうと、何千年も前から同じように流れ落ちているのである。

その晩は那智ユースホステルに泊まった。

次の日に串本の潮岬を見て「すさみ町」に。私にとっては初めて聞く名前だった。今でも全国的に珍しい平仮名の名前の町。そこで列車を降りた。

駅前から朝と晩に一本ずつ、一日二回運行というバスに乗る。Hに任せきりだから行く先も聞いていない。聞いても知らない山の中の村らしい。

小さなバスが来て驚いた。当時でもまったく消え失せていると思われたエンジンが前に突き出たボンネットバス。それもバスというにはあまりにも小さな、十人も乗れば一杯になる、おもちゃのようなバスであった。

乗ってさらに驚いた。平地を走っていたのは駅前のほんのわずかな間だけで、バスはすぐに山道に入る。そしてどんどん登っていく。曲がりくねっている。それに道が狭い。私はこのときになって初めて、車体が小さいわけがわかった。小さくなければ通れない曲がりくねった坂道だからだ。これは大変なところに向かっているぞ、そう思った。山が深いのである。小さいときから中国山地といわれるなだらかな山しか見ていない私としては、山の概念を変えなければいけないほどの急峻な山が、左右にそびえていた。しかもその山には直立する針葉樹がこんもりと繁っている。

気がつくとバスの右斜面は下がみえないほどの断崖、左の窓にはこれまた山が迫っていて、今にもぶつかりそうであった。草や樹の枝が、窓ガラスにバサバサ当たる。そのうえ道が右や左に曲がっている。一歩まちがえると千尋の谷である。物見遊山や冗談を言っている場合ではなかった。正直言って、和歌山県がこれほどに、山深いところだとは想像だにしなかったのである。

やがて山間の小さな村落に着いた。植林された急峻な山の間に少しずつ田んぼがある。Hの実家は大きな農家だった。茅葺きの屋根。母屋の前の庭には、池があって錦鯉が泳いでいた。そして周囲は畑だった。

父親は村の助役をやっているというが、人のよさそうな、いかにも田舎の百姓という感じ。息子の友達が、こんな山の中まで来てくれたというので、兄弟や近所の親戚も含めて大騒ぎであった。

その日はみんなで集まって座敷で宴会である。赤い漆塗りの膳の上にご馳走が並んだ。二の膳まである。酒が二合は入ろうかという大きな「赤絵」の徳利。東京に持っていけばすぐに骨董屋にならべられるような古色豊かなものだった。

「ご覧のように、山の中の村で、猫の額ほどの田んぼを、あそこで一反、ここで二反とみんなが大切に耕しています。村の本業は林業。冬は炭焼きで。一時ベトナム戦争が激しいときはここの炭がたくさん出ました。アメリカが買ってくれたんです」

父親は説明した。確かに山の中の散村である。耕地は少ない。

「こんな田舎ですから、肉屋もありません」

父親は盛んに言い訳をした。料理の材料はすべて自家製だという。牛肉の代わりに、広い縁の下で飼っていた鶏を潰した「トリ」のすき焼き。さしみは前の池の鯉のアライ、といった具合。おかずの野菜はすべて畑でとれたものだ。これはたくさんあった。とてもご馳走である。

「こんな村が発展していくために――。そのために現在県に何を要求しているか――。それに対して県はこうすべきであろう」などなど。

さすが助役だけある。自分のことだけでなく、村全体のこと、いや日本のことも考えているのである。

「ワシの息子も、東京で何やっているか知らんが、今新聞を賑わしている学生運動、デモやっているのと違うのか？」

我々は黙った。何かを聞き出そうとしているのだろうか。Hがこちらを見て、ウインクした。私は下を向いた。

父親は私たちの顔を眺めてまた口を開いた。

「学生運動、いや、結構だろう。本当に自分の信念が正しいと思ったらとことんやれ。山口二矢《おとや》みたいにだ」

山口二矢というのは、一九六〇年、社会党書記長の浅沼稲次郎を演説中にナイフで刺した犯人のことである。父親は息子が検挙されたことを知っているのだろうか。

散々ご馳走になり、夜も更けた。私も飲めない酒をだいぶん飲まされたように思う。今度は隣の四畳半に掘ごたつが暖かくしてあるから移るようにすすめられた。Hも含めて、我々三人がこたつに入ると、すぐに父親がやってきた。狭い部屋に四人が向かい合って座る。ひょっとしたら、学生運動の説教か？とも思ったがそうではなかった。

明日はどこに行くつもりなのか？近所で見学するところはどことどこ、そんな話になった。雨が降ってきた。すぐに激しくなる。茅葺きの屋根にあたる雨は静かだったが雨足は早かった。寒い夜の闇の中でじんじんと茅に染み込む雨であった。

「まあ、心配しなさるな。山の中は天気が変わりやすい。明日になるとからりと晴れるから大丈夫」

雨が降りだして明日の予定を心配していた私たちに、安心するようにと父親はいう。親切な心配りだ。

「ところで一曲」

と、頃合いを見はからって父親が言った。傍でHが、父親は詩吟をやっているのだと我々に教える。

父親は正座をし、居住まいを正してうなりはじめた。雨足が早くなった。

実はその詩吟を聞いたときは、我々はその詩の意味が分からなかったのだが、後になって調べてみると有名な太田道灌の詩であった。

孤鞍《こあん》雨をついて茅茨《ほうし》を叩く
少女ためにつくす花一枝《いっし》
少女語らず花語らず
英雄心緒《しんしょ》糸のごとく乱る

かなり歌いこんだのであろう。なかなかいい声、そしてうまい節回しであった。〈江戸城を造った太田道灌が、狩りに行って雨にあった。近くにあった茅葺き屋根の農家を尋ねて、雨具を貸してくれと頼む。しかし、娘が出てきて、黙って花を一枝差し出すのみ。娘は何も言わないので、道灌はどうしていいか分からなかった〉というような意味であろうか。

ご存じの方は、ああ「山吹の」と思われるかもしれない。

娘が差し出した花は黄色い山吹の花の枝であった。古来、その枝には意味があって、有名な歌がある。

七重、八重、花は咲けども山吹の、実のひとつだになきぞ悲しき

である。山吹の花は幾重にも連なってみごと咲くけど、実がならないのである。「実のひとつだになきぞ悲しき」を雨具の「蓑」にひっかけて、「こんなに貧乏をしておりますからお貸しする蓑もありません」と遠回しに謝っているのである。

文学の才がないと昔は生きていけなかった。この太田道灌をも悩ませた茅葺きの農家と娘の話は、その後ずっと語り継がれ、その茅葺きの農家があったところに、今では、「山

吹の里」として石碑が立っているという。

次の日、昨夜来のあの驟雨はウソのように晴れた。「山の中です。明日になれば晴れますから」と言った父親の予言は見事的中した。それは、天気を心配する我々への、父親のリップサービスだと思っていたのに、本当にからりと晴れた。父親はこの辺りの山の天気をよく知っているのだ。

我々はHやその家族と別れ、旅立った。その後、大阪経由で、山陰線で鳥取に帰る友と、広島に帰るために山陽線に乗る私は、別れてそれぞれの田舎へ帰ったのである。

一カ月後、再び上京してきた私は、学校からさほど遠くない神田川の川岸近く、面影橋を渡ったところにある「山吹の里の碑」を尋ね当てた。

春とはいえまだ寒い雨だった。その雨の中に小さな石碑が立っていて、咲き残りの山吹が申し訳程度に一枝咲いていた。黄色い一重の五弁の花びら、可憐な花である。緑の葉に美しく映えている。植物図鑑によると、この花にそっくりの四弁の草があり、それを山吹草というと。また山吹の緑の葉に似た葉を持っているヤマブキショウマというのもある。昔から、山吹が多くの人に親しまれていた証拠だ。

傍の説明書きを読んでいて、私は一カ月前の雨の夜、こたつを囲んで詩吟をうなった父親を思い出した。

あのとき父親が、あの詩《うた》を我々に披露したのは、我々に、心からのもてなしの意を、詩で示したかったのではないか。こんな山の中によく尋ねてきてくれた。ご覧のように山里で、何もないけど、鶏をつぶして「すき焼き」にし、池の鯉を捕って刺身にした。自給自足の田舎料理だけど、あなた方をもてなす気持ちだけは人一倍ありますよ――。ちょうど蓑の代わりに山吹の枝を差し出したように、山吹に託して父親は自分の意を伝えたかった――。

そこまで考えて私はやっと気がついた。Hの父親の秘められた気持ちをである。親切な父親であった。「山の中で何もないけど」と、何度か言った。息子の友人がわざわざ東京から来てくれたと。だから、精一杯もてなそう。その父親の心をもっと早くに感じなければいけなかったのだ。

山間の村で、炭焼きと伐採、そして田んぼでは米づくり。泥にまみれ、炭で顔を真っ黒にして、そんな生活をしながら、都会からやってきた客に、もてなしの気持ちを、遠回しに「詩吟」に託すような人間が、あんな山の中にどっこい生きているのである。学園紛争の渦巻く東京とはまるで違う世界であった。まったく違う価値観で人々が生きている。

それからさらに十数年後、就職をして十年目に私は、長野県の佐久出身の女性と結婚した。初めて行った彼女の実家の傍で、急斜面の崖一面に山吹の花が今を盛りと咲いているのを見て驚いた。彼女が子供のころからずっと見ている花だという。小諸城の周辺もそうであるが、河岸段丘ともいうべき崖が、千曲川やその支流の湯川を真ん中にして、周辺に縁のようにある。斜面には櫟《くぬぎ》やコナラの林が茂り、その下草のようにして、早春に咲く山吹。日頃は人目にもつかず、どちらかというと半日陰の林の中にひっそりと生えている。「秘すれば花」、奥ゆかしさの代表のような花だ。それが一年に一度だけ、まるで自分の存在を精一杯示すように、黄色い花が崖全体を埋め尽くして咲く。見事だった。あのHの父親がうなった詩吟の後、神田川の面影橋の袂で見た山吹である。ヒカリゴケの小さな洞窟がある崖の斜面であった。

大学時代、仲間だった五人は就職活動のとき、苦労をした。その年の採用は、学生運動をした者に特別、厳しかったからである。いくつもいくつもの会社を受け、落ちた。どの会社も面接のとき「踏み絵」があった。私と、もうひとりは、学生時代の成績を「問わない」出版社と、新聞社にやっと決まったが、あのとき検挙された三人はずっと後まで決まらなかった。ひとりは卒業延期になり、後のふたりは後になって名もない会社に就職した。途中脱サラをした者もいるが、今ではみなが定年退職を迎える歳になった。冬の雨と山吹を見ると、今でもあのときの騒乱の日々と仲間のことを思い出すのだ。

5

わが青春の旅立ち

ブラジル航路の最後の移民船が、私の青春の始まり

この章は、もうすぐ七十歳になろうとする私が、若いとき私の人生の原点ともいうべき最初の海外旅行、横浜の南大桟橋からの旅立ちを、もう一度体験しようと旅に出た記録である。いわばセンチメンタル・ジャーニーだが、年老いた私が、二十一歳の私に向かって書いた「手紙」とも言える。あるいは「問わず語り」といってもいい。

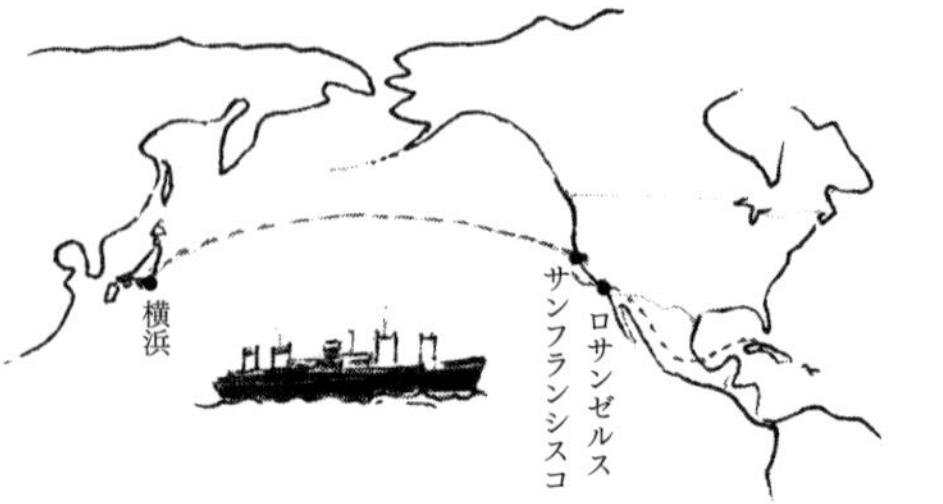

この夏、船に乗ってきました。船といっても二万五千トンの大型客船です。行く先は韓国ですが、私の目的は別のところにありました。四、五年前からぜひもう一度船に乗って、横浜の大桟橋から「旅立ち」をしてみたいと思っていたのです。それがやっと実現しました。この歳になって、なぜ船出をしたかったかと言うと、これには訳があります。

今から四十八年前の一九六五年、外国のことは右も左もわかない大学二年生のときに、移民船サントス丸に乗って私は太平洋を横断しました。まだ日本人が、長い占領軍の治政から独立し、個人で自由に海外旅行をすることが許されて間もないころです。

そのころは日本人全体が、海外に憧れていました。まして、私を含めて多くの若者が外国に行きたかったのです。もちろん私もそのひとりで、田舎の高等学校の図書館の、海外ものの本（紀行文）を手あたり次第に読んだのも懐かしい思い出です。

このとき、横浜の大桟橋を無我夢中で旅立ち、太平洋を越え、ロサンゼルスからバスでサンディエゴへ。歩いて国境を越え、ティファナから陸路、バスでメキシコへ。さらにそこからキューバに飛んだのが、私の人生の原点になりました。その後フィデル・カストロの演説を、広場で三十万人の聴衆と一緒に聞き、革命記念式典にも参加。ソ連、中国、北朝鮮の代表団、そして政変直前のインドネシアの政府幹部が、「避難」して来ていました。クーデターを察知していたのでしょうか。もちろんそのときは気がつきませんでしたが、二カ月後の九月三十日、クーデターが起き、スカルノが失脚しました。後でびっくりしました。三年前のケネディのキューバ危機もまださめやらぬころでもありました。

またキューバには、ヘミングウェイが『老人と海』を書いた旧居もあったし、多くの「スペイン内戦」の古参兵もいました。老いて身寄りのない、各国の元義勇軍の人たちを、フィデル・カストロが、キューバで受け入れ、働ける人は、ホテルの芝生や植木の手入れなどをしてもらって、面倒を見ていたのです。映画にもなった『誰がために鐘は鳴る』は、ヘミングウェイの内戦参加のときの体験がもとになっているのはいうまでもないことです。

それに、第二次大戦中は島の監獄に捕らわれていた日本人移民も三百人ほどいました。彼らは遠い異国の島の、そのまた離れ小島（イスラ・デ・ピーノス）で、日本人同士、肩を寄せ合って生きていました。イトスギのような松が、砂地にたくさん生えている島で、彼らは自分たちの島を「松島」とよんでいました。

チェ・ゲバラがいなくなって一年、ひょっとしたら今度の革命記念日には現われるのではないかと噂されていたのもこのときのことです。そのとき、チェは、すでにボリビアに行っていたのです。そんなことは夢にも思いませんでした。

このころのことは、またいずれ書くことがあると思います。

最近、私は、依頼原稿を書くにあたり、自分の昔ばなしをすることが多くなりました。前を見ないで、後ろを振り返る――。「昔の話をし始めたら、人間オシマイよ」と、私自身思ってきましたが、過去を語るのもまんざらではないと、このごろは思うようになりました。やはり、老い先短い歳のせいでしょうか。

自分の過去を振り返ってみますと、キューバ以来、海外取材数十回、編纂した本も数えきれません。これでよかったのか、悪かったのか自分では分かりません。とにかく私の人生の、旅立ちの原点を、どうしてももう一度味わいたいという切なる思いで、このたび、「あの」横浜の大桟橋から、船に乗ったのです。

四十八年前の最後の移民船サントス丸。貨客船とはいうものの、船底に集団で客を詰め込む貨物船です。そのころはまだ日本で差別されていた混血児を数名連れて、ブラジルに行くエリザベス・サンダースホームの澤田美喜さんも乗っていました。戦後、占領軍と日本人女性の間に生まれた混血児を引き取って、大磯で面倒を見た人です。「最後の移民船」というのは、海外移住事業団が商船三井から移住のためにチャーターした最後のブラジル行路の船だったのです。写真だけで見合いをして、ブラジルに嫁ぐ集団花嫁もたくさん乗っていました。

言うまでもなく、その船にはこれから南米に行く移民の人たちが大勢乗っていました。単身で行く者も、夫婦者も、家族連れもいろいろ。また同時に、日本に里帰りに来た、古い移民の人たち、一世のおじいさん、おばあさんも乗っていました。彼らは、第二の故郷、南米に「再び帰るために」乗っていました。死ぬ前にもう一度、故郷日本をこの目で見たいと日本に帰り、親戚縁者のもとを回り、その帰りの航路なのです。いまさら年老いて日本に永住帰国するには経済的基盤もなし、南米で生まれた子供たちもみな、かの地に根づいているのですから、もう日本に住むことはできません。彼らは、歳のせいもあり、始終おとなしく、黙って乗っていました。

大桟橋には、これから南米を目指す人たちのために、十メートルもある太い竹竿の上から、白地に墨で黒々と書かれた「登り旗」が何本もはためいていました。

「祝○○君の壮途を祝う」「新大陸での○○君の奮闘を期待ス」というような文語体の言葉が踊っています。送り出す兄弟や、親戚、あるいは村の人たちが書いてきたのでしょう。あたりは異様な雰囲気でした。なにしろこれが一生の別れになるのかも知れないのです。

岸壁と船とを結ぶ色とりどりの無数のテープも、幅の広い滝のように揺れていました。その数も、何百とあったでしょう。高い船のデッキの上と桟橋の見送りの人々とは、たくさんのテープで結ばれていました。ひとり何本も持っています。私にも学校のクラブの友人が何本か投げてくれました。

テープを持つ家族や、肉親の人々の気持ちも、「これが一生の別れ」「これが日本の見納め」と、みな胸が一杯だったのです。船の手すりにずっと顔を伏せたまま泣いている女性もいます。岸壁から船を見上げる人々の波も、デッキの上から手を振り大声で叫ぶ人たちも、みんな、みんな壮絶な別れのシーンだったのです。

出航の合図に鳴らす直径二メール近くある銅鑼が、こんなに大きな音がするとは思いもしませんでした。鼓膜が破れるほどの音を立てて、船の中で銅鑼が連打されます。

「ジャーン、ジャーン、ジャーン、ジャーン」

その激しい銅鑼の音は、みんなの気持ちを、心の底から震えさせるのです。魂が揺さぶられます。それが二十分も続きました。

気がつくと何の前触れもなく、船が静かに岸壁を離れていきます。

すると、今まで岸壁とデッキの上とを繋いでいた色とりどりの何百というテープの帯が、いとも簡単に、あっと言う間もなく全部ちぎれて海の上に落ちてしまいました。そのたわいないこと、非情なことといったらありません。指の中で回り、伸びていくテープの長さなど、岸壁を離れる一万一千トンの船の大きさの前ではひとたまりもないのです。

その瞬間に、多くのデッキの上の人が、ちぎれたテープを持ったまま、全員声を上げて泣きだしました。男も女も、大人も子供も我を忘れて泣いています。筋肉隆々とした大男も泣きじゃくっていました。人間が一生のうちで、このように無心で泣くことがどれだけあるでしょうか。
しかも集団でです。悲しさにたまりかねて、せっかく別れにもらったきれいな花束を岸壁に向けて投げた女性がいました。さっきまで胸に大切に抱えていたものです。もちろん陸に届くはずはありません。ひとりが投げると、花束は、次々に海に投げ込まれました。はらりはらりと波間に落ちた花束くらい情けないものはありません。横に傾いて半分海に沈んで漂っています。美しいというよりまるでゴミのようにもみえます。すさまじい光景でした。

半世紀前のことですが、私にはつい昨日のような気がします。
変わったのは、船に乗り合わせた二十一歳の青年の私が、もうすぐ七十歳になろうとしていることです。ああ――。

今度は、貨客船の船底ではなく、まあ豪華客船の個室、それも太平洋を十四日かけて横断するのではなく、横浜から紀伊半島を回って瀬戸内海を縦走し、関門海峡から、玄界灘へ。さらに釜山までわずか三日間の船旅です。

移民船のふたつの大きな船倉は、下半分は海の中です。船が揺れると、上の方にある丸い覗き窓が海水に浸かり「水族館」になります。船倉の内側周囲は、工事現場のようなパイプで組み立てられた、幅五十センチの固い板の三段ベッド、そのベッドに囲まれた広場が、我々の居住空間です。床ももちろん鉄の板です。頭がつかえるベッドは狭く、寝返りはうてません。同じ場所で身体を持ち上げてから向きを変えます。広場には、長い木のテーブルが十台、それに長椅子がついています。海の見える上のデッキには上がれますが、たいていはその下の広場で、しゃべり、本を読み、そして食事をします。大きなアルマイトのナベで運ばれてくる食事を、みんなが当番でよそおいます。まるで給食です。

しかし今度の豪華船は違います。朝昼晩ときれいなレストランで朝はバイキング、夜はフルコースの食事が待っているのです。天と地との開きがあります。

あのときは、出航した最初の夜の給食が、アルミの食器に盛った赤飯で、暗い船倉の長いテーブルの上に並べられたときは、みんな一瞬シーンとなりました。長椅子に座って、みなが黙って赤飯を食べました。老人たちは固いおこわの赤飯を、喉につかえさせながら声もなく飲み込んでいました。赤飯が出ただけで、みんながそれぞれの思いを胸に、喉がつかえて飲み込みにくかったのです。ひと言の雑談もなく、みんなもくもくと黙って食べていました。

そのとき向かいの老人の涙が、ポロポロと、赤飯の上に落ちるのを、私ははっきり見ました。

暗い船底の大部屋、あのときの光景は蜃気楼、幻のようです。

今度は個室のベッドに白いシーツ。シャワーもトイレもついています。変わっていないのは、太平洋に出た段階で台風のせいでやっぱり船が揺れたのと、大浴場のお湯が、揺れるたびに五十センチも上下して、湯船から右に左に勢いよくバサア、バサアーとこぼれたことです。

しかし、私は、こんなことで、こんな立派な船に乗って「二十一歳の青春」が取り戻せるのでしょうか?第一回芥川賞受賞作品『蒼氓』の作者、石川達三が笑っています。『蒼氓』の世界はもうとっくの昔にないのです。あのとき一緒に渡った若い移民たちの子供が、今、日本に出稼ぎに来ているのですから。世の中変わりました。

あのとき私には、ほかにもうひとつの大きな不安がありました。まだ何も知らない共産国であるキューバに行くのに、いまでいうトランジットですが、「敵国」であるアメリカが、はたして私の上陸を許してくれるかどうかです。最悪の場合は強制送還も覚悟していました。

ですからロサンゼルスの移民船の埠頭での朝焼けの三時間にもおよぶ上陸は、極度の緊張の連続でした。入国検査で、私が持っていたキューバの日本人移民に届ける布袋に入ったたくさんの日本の野菜の種子が見つかって、徹底的に調べられたときは、それこそ生きた気がしませんでした。顔が真っ青、目も引きつっていたのを覚えています。手持ちのお金も、一ドル三百六十円の時代、クラブの学生仲間が餞別にくれた金を入れても、全部合わせても二百ドルしかありませんでした。ロサンゼルスから陸路サンディエゴ、古いトランクを引きずって砂ぼこりの中をメキシコの国境を越えてから、ティファナ、そしてバスでメキシコシティへ向かうのに、六日かかりました。その間、ずっとコーラとハンバーグで食いつなぎました。

キューバで印象に残ったことは、フィデル・カストロの演説。都合三回聞きましたが，いずれも長く、一番長いときは三時間半もありました。キューバ中から集まった農民が、立ったままサンタクララの平原を地平線まで埋め、フィデルの演説を聞きました。当局の発表で八十万人、日本大使の話によると三十万人くらいだろうということでした。革命六年目、フィデルは一生懸命国づくりに励んでいました。それはどこに行っても感じられましたが、彼が心配していたのは、権力を握った国の幹部や役人が官僚化すること。それは地方の役人まで、くれぐれも注意するようにと、演説のなかで繰り返し言っていました。もともと共産主義革命を目指した反乱ではなかったのに、アメリカの締めつけと断絶、経済封鎖で、やむを得ずソ連の援助を受け、社会主義に走ったのです。

広島出身の私としては、当時たびたび問題になった米ソの核実験、その核実験を、キューバは、ソ連の実験はいいが、アメリカの核実験は反対だと、と言っていました。これには抵抗がありました。

またもうひとつ、印象に残っていることは、日系移民の人たちです。日本人会の幹部が、日本から来た若い青年たちと「日本語が話したい」ということで滞在中何度も会いに来ました。みんな明治生まれの一世たちです。そのなかのひとりが、当局の「報道官」のいないときを見計らって、「フィデルは一生懸命やっているが、共産主義の農業はいかん。共産主義は。みんながやる気をなくすし、いいものを作らなくなる」と訴えたことです。スイカ、さつまいも、じゃがいも、麦、具体的にその生産から集荷のやり方まで、集団経営が根本的にうまくいかないことを、具体的に話してくれたのです。

「そんなことを、言うもんじゃないよ、当局に聞こえたら危ないぞ」と日本人会会長のおじいさんがそのたびに傍で止めます。「いや、これだけは本当のことを日本の青年に言っておかなければいかん」とその老人は続けます。何回かそんなことがありました。

みんな七十歳をすぎています。みんな日本では尋常小学校卒業、寡黙で懸命に土と一緒に生き、麦の穂一本でも余計に育てて、収穫を増やそうと努力する人たちです。明治の一徹な職人気質の農民です。その老人たちが、集団農業の、基本的で素朴な欠陥を指摘したのです。それから、二十年近くたってから中国では人民公社を解体し生産責任制になりました。

その後、私は雑誌社に就職し、中国担当になって、何度も特派記者として中国に行きました。

したから、中国の矛盾は手にとるように見えました。農民が毎日、数千人も列をなして見に来る「農業は大寨に学べ」の熱狂、外国の見学者の中で、私ひとりが冷静な目で見ていました。「文化大革命」もそうです。これらもまた、いずれ話をすることにしましょう。

フィデルは演説の中で、繰り返し過去の独裁政権下の非情を訴えました。その話は具体的でみんなの心を打ちました。警察や軍隊が暴力を使って農民を苦しめたこと。それを実際の話をあげて言うものですから、農民はみんな泣かされます。気がつくと何万人という聴衆が泣いているのです。話がとてもうまいのです。新聞にも、そういった話がたくさん出ています。無実の罪で拘束された話とか、殺されたとか、みな本当の話なのです。

それから十年後、私は特派記者として再びキューバに行きました。キューバではソ連色がさらに強まっていました。新聞にはフィデルの記事が毎日のように一杯載っています。スターリンの記事が毎日載っていたソ連や「外モンゴル」などの共産圏の国々と共通のものです。それも、かつてはフィデルとだけ愛称で書いてあったものが、その前に、肩書が三つも四つも書かれているのです。フィデル・カストロの名前が出るたびにです。フィデル自身が祭り上げられています。また、新聞には、相変わらずかつての独裁政権下の悪行が、手を替え、品を替えて出ています。話はとても具体的です。煽情的ですらあります。そして「また、元のようになる、元のようになる」という忠告です。脅しですらあります。この繰り返しなのです。

社会主義国では、この過去の社会の酷かったことを繰り返し庶民に訴えることによって、現状の社会や、現実を覆い隠すところがあると思いました。かつての独裁政権はもうとっくの昔になくなっているにもかかわらずです。今の日本もそういったところがありはしないでしょうか。

社会主義国家建設のために、人々は自分の仕事以外に、朝晩無休で勤労奉仕をやっていました。これも十年やればみんな疲れてしまいます。

まだまだ、気がついたことはたくさんあります。

まったく違う社会を見ると、「世の中」「人間の社会というもの」が見えてくるものです。夢のような理想の社会などありません。重要なことは、私が旅立った一九六五年のころは、多くの日本人が外国を知らなかった。日本人が自由に海外に行くことができなかったのです。外国の「現実」を知らないところで、ものの価値判断が行なわれていて、いいとか悪いとか言っていた。井の中の蛙、純粋でかつ幼稚な、空想主義が夢見られていたことです。それは今でも同じことがいえます。自分の足で、ひとりで、外国を歩いていないから、現実の世界や、本当の社会が見えないのです。

その後、一九七六年から、私は雑誌記者として中国に通うようになり、またいろいろな外国にも行きました。「大躍進」や「文化大革命」が絶賛から否定へ、変貌する過程を見てきました。日本の新聞もみな『人民日報』の丸写しで、北朝鮮も含めて「大絶賛」をしていたのです。

私は、中国のとりわけ、ロシア国境のかつての東満洲、また後に西のホロンバイル草原に入れ込みました。草原で大きくなったり小さくなったりする湖の調査をしたり、かつて満洲で日本語教育を受けたモンゴル人の戦後の生涯を追いかけたり、また過去の戦場であるノモンハンの草原を走ったりしました。満洲の西半分はもともとモンゴル人がいたところで、草原で暮らす遊牧民の生活もたくさん学びました。ヨーロッパにも、アメリカにも行きました。言い始めるとキリがありません。

とにかく、あのときの横浜の大桟橋でスタートした旅が、私の人生の出発点でした。サラリーマンになっても、定年を迎えても、やっぱり私はあの旅の続きをしているのです。

二十一歳。すべてが不安と緊張の旅立ちでした。

あれから四十八年、もうすぐ半世紀になろうとしています。

センチメンタル・ジャーニー。

わが青春の、青い、苦い、不安でそして希望に満ちた旅立ちでした。


（二度目の、横浜の大桟橋の旅立ちを、簡単にメモしておこうと書き始めたのに、つい余計なことを書いてしまいました。私の悪い習癖です。ご容赦ください。今度は、プサン〔釜山〕から韓国に上陸し、その後、テグ〔大邱〕で薬草園をみて、海印寺へ。ここで「八萬大蔵経」制作千年記念のお祭りがあり、日頃は非公開の「お経の版木」を大量に見てきました。正倉院ならぬ大蔵経板殿もすばらしいものでした。契丹や蒙古の侵入を、お経をもって防ごうとした人々の執念の結晶です。また世界遺産のアントン〔安東〕の河回村で、古い両班《やんばん》集落を見学しました。

韓国で感じたことは、今の韓国が漢字を捨て、ハングル語になって久しいことです。

四十年ほど前に行ったときはまだ漢字の新聞がありました。版木を見ながら、この古いお経の漢字を今、どれだけの人が読めるのか疑問に思いました。韓国では、漢字を捨てたと同時に、膨大な古典も、そして歴史も捨てたような気がします。だからというわけではないでしょうが、今、韓国ではキリスト教徒が三十パーセントもいるといいます。韓国はすでに漢字文化圏ではないのです。最後はソウルから飛行機に乗って、一気に成田まで帰って来ました)

6

キューバの日系一世たち

世界の果てで生きる明治生まれの老人が、どうしても私に伝えたかったこと

一九六五年であったから、もうかれこれ五十年前のことである。東京オリンピックの次の年だった。私が大学二年生のとき、横浜からブラジル行きの移民船に乗って、太平洋を渡り、アメリカ、メキシコ経由でキューバに行ったときのことである。

一九五一年にサンフランシスコ講和条約が結ばれ、日本は正式に国際社会に復帰したが、戦後六年間は、アメリカと英連邦軍による占領地で、日本は独立国ではなかった。考えようによっては、今でも独立国ではないという人もいるが、我々（当時の）若者にとっては、「日本独立」後もずっと海外渡航が許されなかった時代が続いていた。オリンピックの年、

つまり、私がキューバに行く前年の一九六四年にはじめて日本人の海外旅行が自由化されたのである。したがって、戦後二十年近く日本人は海外に旅行できなかった。日本人にとっては海外の現実を知らないまま、マッカーサーの統治のもと、あれがいいこれがいいと言っていたのである。

この時代に青年期を迎えた世代は不幸だったと言わなければならない。そうでなくても島国、さまざまな異民族と接触することなく、島の中だけでしか通用しない価値観、倫理観がまかり通っていたのである。ある意味では純粋、理想主義的であったが、反面外国の実情を知らず、マッカーサーも「日本人は中学生だ」と言ったように、幼稚でもあった。

そういった意味では、今でも、日本人は自分が「島国の人間」であることを大いに認識すべきであろう。本土から見て、大島や八丈島、また瀬戸内海の島の人たちを見たときに感じるようなものと同じようなものを、世界の人たちは、日本人に対して感じているからである。「島の人」たちは、お互いに顔見知りで気心が知れていて、人を疑うことなく「みんないい人」である。反面、世界を知らない、大海を知らない井の中のカワズのようなところがある。

さて、話が横道にそれそうなので、あわてて修正すると、キューバ島の南、カリブ海にイスラ・デ・ピーノスという孤島がある。ピーノスは松、イスラは島だから、松の島ということになる。ゴッホの糸杉のような「松」が乾いた砂の上にたくさんある島である。キューバも島国だから、島の島という感じだ。

この島に、当時、三百人とちょっとの日本人がいたことを知っている人はほとんどいないであろう。誰も注目しない、小さな島の、忘れられた日本人たちである。この人たちは、戦前（それも昭和の初期が多い）にキューバに移民に来た人たちであった。

なぜ、キューバに来たかというと、それまでアメリカを目指していた移民が、アメリカに入れなくなったからである。一九二四年（大正十三年）にアメリカで成立した移民法は、日本人の新規移民を全面的に禁止した。それで、アメリカに行こうとしていた人たちは目的地をキューバに変更した。キューバとアメリカは隣同士だし、仲がよかった。それにキューバのペソは、米ドルと一対一で交換することができたから、稼ぐのは同じだとしてキューバに来たのである。

移民の人たちはどこも同じで、自己資金がないから、まず元手いらずの洗濯屋、雇われの農作業などから生活を始めた。次第に農地を借り、また少しの資金がたまると商売をはじめた。お金持ちの家の庭の手入れをする植木職人もいた。そして何年か辛抱した末、やっと自分の家を持ち、あるいは人並みの生活ができるようになったとき、突然の開戦、太平洋で戦争が始まったのである。

アメリカにとって日本人は敵国人となった。開戦直後の一九四二年（昭和十七年）、在米の日系人に強制収容命令が出る。日系人は全員一カ所に集められて、内陸部の収容所に入れられた。それはキューバにおいても同じだった。アメリカの「命令」によりキューバの日系人も（南米のいくつかの国の日系移民も）、みな強制収容された。

長年築いてきた財産、家や土地、家財道具一式をすべて投げ出して、二十四時間以内に立ち退き、そして収容所に連行されたのである。キューバ中から日本人が集められ連れて行かれたところが、絶対に逃げられないキューバの孤島、イスラ・デ・ピーノスであった。しかも男たちは全員、さらに鉄格子のついた監獄に入れられたのである。こうして三年間、日本が負けるまで彼らは拘留された。

第二次大戦が終わって、やっと日系人は釈放されたが、まったくの無一文。裸のまま知らない島に投げ出された。そして再び彼らは移民してきたときと同じように、洗濯屋をやり、現地農民の下働き、あるいは土地を借りて百姓をして生き長らえた。ゼロからの移民体験を二度繰り返したのである。それが今日のイスラ・デ・ピーノスの日系人の歴史である。過酷な政策と、運命。開放されたとはいえ日系人三百人が明治生まれの最年長者を会長に、助け合い、肩を寄せ合って生きてきたのだ。日本から遠く離れた、カリブ海の松の多い小さな砂の島であった。

私たち学生三人がハバナのホテルについた夜、突然、部屋の電話が鳴った。こんなところで知り合いはいない。いったい誰だろう。我々はおっかなびっくりで電話に出る。しかも日本語である。

「あなたさま方は日本の学生さんでいらっしゃいますか」

「はい、――――」

「わたしたちもキューバにいる日本人です」

何を言っているのだろう。我々は狐につままれたようだった。そのときまで我々はキューバに日本人がいることをほとんど知らなかった。

「私は日本人会会長の原田と申します。つきましては、はるばる日本からいらっしゃったあなたさま方に、ご挨拶申し上げようと、お電話しました」

突然の要請に我々は戸惑った。最上級の丁寧語である。何か騙されるのではないか、我々は咄嗟にそう思った。わざわざ電話をしてくること自体、何かコンタンがあるに違いない。

「我々には関係ない、会う必要なんかない。我々はキューバ政府の決められたスケジュールがある」

仲間のひとりがそういった。確かにそうである。

明日からいろいろなスケジュールが詰まっている。これから一カ月近く、キューバ各地で、革命の「聖地」を尋ね、国民が懸命に新しい国づくりをしている現場を見学することになっていた。サンタクララでフィデル、つまりカストロが、七・二六のモンカダ兵舎襲撃の記念日に演説を行なうことにもなっていた。そのために各国の青年たちや、キューバ革命に賛同する人たちが、世界中から大勢集まってきていた。カナダをはじめヨーロッパからも、そして中国や北朝鮮、ヨーロッパの共産圏の人たちもいた。どうしてキューバで革命をしなければならなかったか、そして革命の成果を多くの人々に分かってもらいたい――それがカストロの願いだった。

三日目に我々が市内見学を終えて部屋に帰ると、部屋の中に大きなウォーターメロンが届いていた。全部で五、六個ある。見たこともないような大きな楕円形のスイカであった。夜また電話があった。

「私は、先日お電話をした原田と申します。あなたさま方が、はるばる日本からおいでになったことを歓迎してぜひスイカを食べてもらいたいとお届けしました。一番右においてあるスイカは今日食べてください。その次は、あした。その次は明後日――」と原田さんは言った。

「これはワイロではないか」とくだんの仲間が言った。初めての海外旅行、それにアメリカから経済封鎖をはじめ、さまざまな嫌がらせを受けているキューバである。我々が移民船をロサンゼルスで降り、バスでサンディエゴまで。歩いてメキシコ国境を渡り、ティファナからさらにバスで三日間かけてメキシコシティ（DF）までと、ハバナに着くまでさまざまな困難があったからである。アメリカへの入国、メキシコへの入国、そしてキューバのビザ取得とすべてスムーズにはいかなかった。すべて疑り深くなっていた。スイカを食べたら、何か要求されるかもしれない。それに、何でいちいちスイカを食べる日を決めているのだろう。我々は不思議だった。

原田さんの話によると、スイカを運ぶのに、松島から小型飛行機に乗ってきたという。そのうえ、なぜか我々の前には姿を現わさない。これもあやしい。

後で考えれば、彼らは我々に会うために、わざわざ松島、つまりイスラ・デ・ピーノスからスイカをお土産に持って来たのに、そこは共産圏のこと、さまざまな「制約」があり、我々の泊まっているホテルに入ることができなかったのである。我々はそんなことはまったく知らなかった。スイカを受け取った後も、単に日系人が「ご親切に」スイカを届けてくれたのだと、そんなふうに思っていた。疑心暗鬼である。

日系人の老人たちに会えたのは、それから一週間以上もたってからだった。我々がチェ（ゲバラのこと）のいたオリエンテの山の中の椰子の葉で葺いた「学校」を見学して、山を下りたときのことだった。田舎町の休憩所のことである。我々を「ガイド」する報道局の男が食事で席を外したとき、我々の休んでいるところに、ひょっこり背の低い、古いサングラスをした男が現われた。それが原田さん、島の三百人の日本人代表であった。彼は深々と頭を下げ、腰を九十度以上曲げて、最敬礼をした。

「わざわざ遠いところから本当によくいらっしゃいました。我々はこんなところにいるものですから、めったに日本人の方々にお目にかかることができません。それであなた方がハバナにお着きになってからずっとお会いしたいと追いかけていたのです。都会は、何かと〈厳しい〉ものですから、あなた方のスケジュールをやっと聞き出し、こうやって田舎まで追いかけてきました。今日のお昼は、あなた方を案内しているガイドがいませんから――」

それでも、我々は特殊な共産圏の事情が分かっていなかったのである。

申し合わせたように、三、四人の日本人会の老人たちが、我々の傍に現われた。それぞれ丁寧な自己紹介がある。みんな明治生まれだ。そのあとで今度は我々が聞かれた。どこの出身か、どこの学校に、どのような経緯でキューバに来たのか、一通り紹介が終わると、彼らは申し合わせたように帰って行った。もうすぐ我々の案内役が帰ってくる時間だからである。

このようにして、キューバ国内を移動する我々の行く先々に、彼らは先回りして待っていた。そして少しばかりの時間を見計らって我々に近づいてくる。そして「日本語」をしゃべるのだ。彼らは日本人と日本語で話をしたいのだ。そして今の日本の話を、若者を知りたいのであった。そのころには我々も大分心を開いていた。悪い人たちではなさそうだった。それにハバナのホテルに届いたスイカがうまかったこともある。毎日決められたとおりスイカを食べた。それは熟れ具合によって、最高にうまいときを見計らって、食べる日にちが決められていたのである。後にも先にもあのようなおいしいスイカを食べたことはない。日本人会の彼らはみんなマジメで実直そのもの。孫のような我々に実に丁寧な言葉づかいをする。

こうして四、五日ぐらい、彼らは入れ替わり立ち替わり、我々の前に現われた。昼食の休憩時間とか、見学した残りの時間とか。ある日、もうこれ以上は会えない、明日はハバナに帰り、次の日は島に帰るというとき、三人の老人が揃った。そのうちのひとりが私にぜひ話したいことがあると近寄ってきた。

「いやあ、共産主義はいかん。共産主義は。あなた方若い方は、共産主義をどのように思っておられるかわかりませんが、共産主義はうまくいかない。誰も働かなくなる」

「――」

いきなり共産主義という言葉に我々は戸惑った。

「工業はどうかしらんが、農業は絶対にだめじゃ」

「どうしてです?」

私は聞き返した。なぜダメなのか、じっくり聞きたい。

「Sさん、やめときなさい。誰が聞いているかも知らん」

そばで会長の原田さんがまわりを見回しながら、かなり強い調子で制止した。しかし、制止した原田さんの物言いの中から、〈Sさんの言いたいことは百も承知している。そして自分もそのことは十分分かっている〉という意味が言外にくみとれた。Sさんが言っていることは本当のことなのだ。

Sさんは、原田さんの話を遮るように話し続けた。

「いや、これだけは日本の若い者に言っておかなくてはならん。共産主義を知らない者に、日本の青年に。これだけは、なんとしても言っておかなくては――」

老人は、必死で原田さんの説得を振り切って話を続けた。

「我々はみんな小学校しか出ておりまっせん。しかし、百姓は百姓で、工場で働く職工は職工で、とにかく一生懸命働くことを教わったんです。日本は貧乏だから、たとえマッチ一本でも、多くつくって日本が豊かになるように――だからワシラもいままでただひたすら懸命に働いてきました。この砂ぼこりの舞う松島で、監獄から出されて再びゼロから百姓をやったんです。しかし、私らは現地の土人に絶対に負けてはいません。芋をつくるのにもスイカをつくるにも、我々は土人の三倍もの大きさのものをつくる。苗を育て、暑いときも毎日水をやり、本当に一年間、人一倍手間をかけてつくる。そう、皆様方に届けたウォーターメロンも土人たちの三倍もの大きさですよ」

キューバ人のことを「土人」と言ったのにはおどろいたが、我々はあの大きなスイカを食べていたから、彼らが嘘を言っているのでないことは十分分かった。

「いやあ、あのスイカはおいしかったです。それによく熟れている」

「スイカを叩いてみて、これは今日中に、こちらは明日食べるといい。それを見越して、松島から計算してスイカを選んで運んできました」

原田会長は、丁寧に話した。言葉のひとつひとつに正直で実直な人柄がにじみ出ている。明治の男はこんな男が多かったのだろう。

「共産主義になってから、農業はだめになったんじゃ」

Sさんが再び口を開いた。

「Sさん」と原口さんはまたSさんを制したが、彼は聞かなかった。

「我々は、スイカをつくるにしても、芋をつくるにしても、骨身を惜しまず最善の努力をしてつくる。夏場の暑い日も決して手を抜かず、横芽を取ったり摘果したり、毎日水をやり、雨が続けば今度は水を手加減する。草取りもこまめに。だから、ここの原住民の何倍も大きい作物をつくることができるんです。百姓仕事は、毎日何時間、鍬を持って働けばいいというもんじゃない。その日の天気や、気候を、人間が判断して何をしなければいけないか決めるんですじゃ。いい仕事をするのに労働時間なんか関係ない。農業だけじゃない、物を作るのはみんな同じじゃあないかのう。

共産主義になってから、そういった仕事のやり方が通用しなくなった。畑に出ていさえすれば配給はくれるんだから。作物のでき具合なんか関係ないんですじゃ。そのうえ、作物が実ったころに役所に取りにくるように連絡しても、お役所仕事、なかなか取りに来ない。芋なんか畑に野積みになっているのにです。

昔だったら集荷業者が連絡するとすぐに取りに来た。なぜなら新鮮な作物は高く売れるから。買い手もその方が喜ぶ。しかし、お役人はそんなことは関係ない。こちらは早く取りにきてくれと、イライラしているのに。汗水たらして作った野菜――。スコール。こちらでは毎日午後、雨が降りますでしょう。日にちがたつにつれ、畑で採り入れた芋が、そのうち腐ってくる。やっと取りに来たときは、三分の一腐っているときもあった。それでも平気で、やれトラックがなかったとか、いろいろ言っていますが、役人ですから、まったく誰からもとがめられないんです。何のために春から秋まで骨身を惜しまず働いてきたんですか。立派な、他人よりも、現地の土人よりも大きい芋をつくって、いい値段で新鮮な野菜を売るためでしょう。それが、スイカが大きくても、小さくても、芋が腐っても、みんな十把ひとからげでトラックで運んでいく。

確かに食料の配給だけはくれる。しかも現地人と同じだ。腐った野菜を納入してもです。みんな同じだけ配給。最低限の、人間が死なないだけのね。

これじゃあ、誰だって一生懸命働いて立派な作物を作らなくなってしまう。腐った作物でも、同じ配給なんですから。このやり方は、どこかで誰かが、大損をしている。それは国家でしょうか。これを毎年続けていたら、国家全体としてうまくいくはずがない。それに誰もマジメに働かなくなりますよ――。

共産主義は絶対にうまくいきません。これだけはしっかり覚えておいてください。日本に帰ったらぜひ我々の経験をみんなに伝えてください」

老人はゆっくりと、そう話した。少しも誇張や教え諭すようなところはない。それだけに真実だと思えた。何とかこの現実を自分たちの故郷である日本に、日本人に知らせてもらいたい。日本が間違った方向に行かないように――。そういった切なる願いが込められていた。後で考えると、そのときは気がつかなかったが、彼はそのことを我々に言うためにかなり危険を冒して話をしてくれていたのである。

ちょうど我々は、毎日、キューバ政府がセッティングしてくれたセレモニーの中で、アメリカの水爆実験に反対する声明が行なわれ、それに参加していた我々外国人の招待客はそのたびに拍手をしていたのだが、後でホテルに帰り、アメリカの実験には反対だが、ソ連の水爆実験には反対しないのはおかしい、と我々だけで議論していたところだった。確かにこの老人がいうことも間違いないように思えた。共産主義は間違っているのか？

キューバ滞在中は、いろいろなことを学んだ。確かに、サトウキビだけのモノカルチャー経済。それも、アメリカの巨大な農業会社にたくさんのキューバの土地そのものを買収されている。自作農は、わずかで、ほとんどはサトウキビを刈り取るときだけの季節労働者。後はアメリカの観光客相手の各種サービス業。歓楽街も多かったらしい。それでキューバは成り立ってきたのだ。政権はこれまたラテン・アメリカ共通の腐敗した独裁政権。そういった中で、フィデル（カストロ）やチェ（ゲバラ）が、命を賭けて、まさに奇跡ともいうべき英雄的活躍をして革命を勝ち取った。それはそれで十分に理解できる。

革命成就、そこまではよかった。ところがその後に実行した計画経済、貧しい人たち、学校にも行ったこともない大勢の人たち全員が食べられるようにするためにとった共産主義という選択。これがなかなかうまくいかない。

共産主義は、あくまで最下層の人たちを救うための「量」を確保するための政策で、「質」は問わないのだ。

十年後、一九七〇年代になってから、私は中国にたびたび行くようになった。まだみんなが人民服を着ていたころだ。画一の人民服を国家が大量につくれば、確かに安く国民全員に服を行き渡らせることができるが、二枚目からは、そうはいかない。国家がどんなに安い洋服を作っても、国民の好みでないと、大量に余ってしまう。そこにも巨大な無駄が生じる。魔法瓶だってそうだ。穀物も同じことがいえる。小麦や高粱といった穀物の種類も、飢えているときはどんなモノでも口に入ればいいが、ある程度食料が行き渡ると、あとはみんな好みが出てくる。

統制経済の画一平等くらい難しいものはない。住宅でもそうだ。それぞれの家族構成が違うから、同じ住宅を供給しても、やはり不均衡になる。例を挙げれば、きりがない。「質」と「量」、これを両方確保するためには、やはり自由競争（制約のある）以外にないのである。

と、話はまたそれそうだが——、西も東も分からない、外国旅行も初めてという私たちに、明治生まれの日本人移民の老人が教えてくれたことは、スイカの「質」である。質を見分けるには、そしてスイカの食べ頃を見分けるには、酌子定規な農作業、一日何時間働いたらいい、というノルマ仕事では〈できない〉ということである。戦後の日本も、マッカーサーの〈おかげ〉で共産主義社会にならなくてすんだが、マルクス主義の影響は大きい。その結果、質の仕事を問われる職業の職人意識がなくなり、現在、どのような状態にあるかはみんなが知っているとおりである。

それにしても、地球の反対側の小さな島の、さらにそれに付随する小さな島イスラ・デ・ピーノス（現地の日本人たちはあえて「松島」と呼んでいるが）という、国家体制や「宗教」、そして風土のまったく違う異国の地で、日本人三百人が肩を寄せ合いながら、辛抱に辛抱を重ねて、それでも遠く故郷日本を恋い続けていることを、我々日本にいる日本人はどれだけ知っているであろうか。今でもスイカを食べると彼らのことを思い出すのだ。

7

連れ出された旅と楷《かい》の樹

中国山東省曲阜から持ち帰られた樹の種子が、
やがて日本中に——思想を伝える樹

日本人は、戦後長い間外国に行くことができず、そのため私の世代は若いころから何がなんでも外国にあこがれたものだ。中学生のころから人文地理が好きだったせいもある。成績もよかった。それで高校時代、田舎の学校の図書館にある外国の紀行本はほとんど読み尽くした。

そのころ、戦後海外に行ける者は限られた人たちで、さらにその人たちの中で日本に帰って来て本を書く者はもっと少なかった。新聞社の特派員や、貿易商社の駐在員、また親の代から外国と関わりがあった人などである。本の数も少ない。したがって自分の興味ある国、興味ない国に関係なく、海外の紀行文なら何でも読むという習性はその後も長い間続いた。

ずいぶん後になってから、ある若い女性が書いた紀行本を買ったことがある。

今となっては、その女性がどこの国に行ったのか、何が書いてあったのかその内容すら覚えていないのだが、タイトルだけははっきり覚えている。『連れ出された旅』という題の本であった。

著者が「まえがき」で、〈私は旅に出るたびに思うのだが、いつも途中から、旅という得体の知れない生き物のような魔物に翻弄されてしまう。私が旅をするのではなく、旅が私を連れ出すのだ〉といった主旨のことを書いていた。うーん、なるほどと思った。確かにそうである。

おおよそ旅というものは、自分の意志で目的地を決めるわけだから、自分のまったく知らないところに連れて行かれて、そのこと自体を驚くということはあまりない。ところが旅ではいつも思いがけないことが起こり、また旅は旅人を予期しないところに誘い込み、迷い込ませるのだ。まるで銀河鉄道に乗ったか、不思議な国に舞い降りたアリスのように、である。

「旅は、目的地も何も調べないで、何の予備知識も持たないで行った方が、感動が大きい」という人もいるが、私はどちらかというとその反対の方である。事前に行き先のさまざまなことを調べ、できるだけ予備知識を身につけて行った方が、旅先でさらに多くのことに気がつき、歴史や風俗、人々の生活の仕方に、より深い感動を得られるからである。私の旅の仕方は後者の方であった。しかし時として、私自身も思いがけない旅に連れ出されることがある。


二〇〇九年の秋、岡山に行った。

ところが岡山県伊部《いんべ》の備前焼の窯元を見に行った帰り、車で案内をしてくれていた私の小中学校時代の友人が、帰り道、私にまったく予告なしに閑谷《しずたに》学校に立ち寄った。旧池田藩の藩校である。

備前焼の赤い瓦屋根の立派な門と、敷地を囲む石垣の塀の前に車が着いて、私は初めて、それが閑谷学校であることを知らされた。

あっと思ったのは学校を取り囲む長い石造りの塀である。まるでペルーのインカの町の石造りの壁のように、さまざまな多辺形の石が、隣同士すきまなく精巧に組み合わさっていて、しかも他の塀のように屋根はなく上部に行くほど、壁全体が曲線を描いてそのまま裏側に続いている。多辺形の石と上部の曲線が、日本にはない不思議な曲線の美しさをかもしだしていた。確かに以前建築の写真集で見たやつだ。私は感激した。これだけでも見に来た価値はある。

ところが私を驚かせるものはほかにもあった。それは石垣が眼に入る前にすでに気がついていたことだが、石垣の中の広い敷地に、枝を広げた巨大な真っ赤に紅葉した樹と、真っ黄色に紅葉した二本の大樹が立っていたのである。その色がまた鮮やかで見事だった。紅葉の真っ盛り、まさにこのときを狙って行ったようなタイミングだった。

二本の大樹は、周囲に何もないだけに余計際立ってみえる。友人によると「楷の樹」だという。漆の仲間であろうか、羽状複葉といって左右に並んだ先のとがった細い楕円形の葉が、規律正しく並んでいる。楷書のもとになった樹だとも。江戸時代、儒教の流れをくむ朱子学を教えた藩校に植えられたと説明がある。全国の他の藩校の孔子廟にもあるのだろうか。

閑谷学校の母屋は講堂のような大きな入母屋造り。これもお寺の屋根のような瓦葺きがすべて赤い（茶色い）備前焼である。気候温暖な岡山らしい穏やかな勾配の屋根がゆるやかな曲線を描いて流れていた。

石と石がきっちりと合わさった石垣、同じような葉が両側に並んだ楷の樹の葉、そして隙間なく葺かれた瓦屋根、すべてが几帳面で、規律正しい、まさに楷書のようなたたずまいである。それに目の覚めるような赤と黄色の二本の楷の樹。身を洗われるようであった。

東京に帰ってから湯島の聖堂に行った。いうまでもなく儒学の本山、昌平坂学問所である。もちろん中に孔子廟がある。

はたして「楷の樹」はあった。しかも四本も。そのうちの一本は太く大きくそして今が盛りと黄色に色づいていた。これもまた見事である。説明書きによると、大正四年に林学博士・白沢保美という人が中国の山東省曲阜《きょくふ》に行き、子貢《しこう》が植えたという楷の樹の種子を拾って来たのだという。この種子を目黒にあった商務省の林業試験場で苗に育て、あちこちの孔子廟に植えた。子貢というのは孔子の一番弟子で、孔子が亡くなったとき、多くの弟子が三年間の喪に服したが、彼だけはさらに三年、計六年間も喪に服したことで知られている。

曲阜は古くから街全体が孔子の街ともいうべきところで、孔子の末裔が代々受け継いで、さまざまな式典とともに孔子を祭っている。私は何年か前に、孔子の生涯を描いた『孔子画伝』（孔子聖跡図）を編纂したことがあり、そのとき曲阜の特集をした。

孔子廟は、孔子の直系の家族が居住していた「孔府」と、観光客がお参りをするいくつかの廟がある「孔廟」、そして孔子以下、歴代の孔家の墓がたくさんある「孔林」の三地区に分かれている。おそらく楷の樹はそのうちの孔林にあったのであろう。律儀で実直な日本人である白沢保美博士が、孔林に行き、孔子の墓を詣でた後、子貢の植えた楷の樹の謂われを聞き、真摯な気持ちで種子を拾ったに違いない。子貢の師を思う気持ちを、楷の樹に感じたのであろう。

古来、日本人はとりわけ樹木に先人や偉人の思いを託し、その心を伝えたいと願うところがあって、彼もまたそうした志を持った人だった。

その思いは、日本中の旧藩校を受け継ぐ人々に伝わり、各地で大切に育てられた。栃木県の足利学校、佐賀県多久の聖廟などでも楷の樹は見事に育ち、それぞれに有名だそうである。今では藩校に関係なく他のさまざまな学校にも植えられている。大正四年から数えると初代は樹齢九十四年（二〇〇九年時点で）になる。

その後、一カ月ほどたって、閑谷学校からとってきた押し花の楷の樹の葉を見ていて気づいたことがある。

それは、なぜこの樹が楷書のもとになったかということだ。ある本によると、樹の幹や枝が真っ直ぐだからと書いてあった。しかし、樹の幹をみても枝を見ても取り立てて真っ直ぐなものはない。本当の樹を知らないからだろう。これは明らかに間違いではないだろうか。

ところが、葉の方はどうだろう。楷の樹は奇数羽状複葉《きすううじょうふくよう》で、小葉《こば》が規則正しく向き合って並んでいる。しかもすべての小葉は平行にならんでいる。これが楷書のもとなったのではないか。と、ここまで考えて、だったらウルシ属のヌルデ、ハゼノキや、マメ科のネムノキ、サイカチ、ハリエンジュ（ニセアカシア）などはすべて規則正しい羽状複葉であるし、エンジュ（槐）に代表されるマメ科の樹はだいたい規則正しく同じ形の葉が並んでいる。むしろ楷の樹より小葉そのものは個体差のない同じような葉が並んでいるのだ。

楷の樹の小葉は、よくみると同じ形のものはないくらい、さまざまに変化している。葉の先がとがっているが、そこに至るまでの葉の両縁は曲線で、主脈を挟んで決して対称ではない。それぞれが波打つようにうねっている。

その形を何枚か見ている間に気がついた。葉の形全体が、ちょうど筆に墨を含ませて、紙の上に軽く降ろし、力を抜いて横に線を引き、そして最後はすうーっと力を抜いて紙から放す。そのときの筆の跡に似ている。筆先のある方と、腹の方とは当然波のような線の違いが出てくる。葉の全体の形をみると、まさにこのような墨痕そのものなのである。これだと、筆の使い方としては、楷書というより、隷書である。そうだとすると楷の樹ではなく隷書の樹といった方がいいかもしれない。

もうひとつ考えたのは、小葉を一枚一枚切り取って、文字の一画とし、それで机の上や、あるいは地面に字を書いておさらいをしたのではないか。古代では、紙は貴重なもので、子供や若者が、おさらいをするのにそうそう紙を使うわけにはいかない。それで比較的まっすぐで細長い、楷の樹の小葉を使って字の勉強をした——、とそこまで考えて、いよいよこれは迷宮に入ったと思った。

その後私は、三浦半島の金沢文庫、北条実時がつくったといわれる武家の学校で、何度か再建されたがその跡地を引き継ぐ称名寺の庭にも、楷の樹があると聞いて見に行った。誰もいない広い庭園で（市民の森）細い小道に沿って立っている楷の樹を眺め、次に迂回して少し離れた芝生広場のベンチに座って遠くからじっくり眺めた。そうしておいてから、再び、何で楷書なのか漠然と考えた。

すると、不思議なことに、誰もいない広い庭園の、遠く右手の視界から若い女性が歩いて来た。黄色いワンピース、腰のあたりをベルトで絞ってなかなかスタイルもいい。緑の庭園の中でまるでファッション雑誌の中の風景のようでもあった。

女性は、やがて私が遠くからみている楷の樹に近づいた。しかも幹をなでたり樹冠を仰いだり、しばらくその樹の傍から離れない。しかも彼女は遠くから私がその楷の樹を見ていることさえ気がついていないようだ。不思議なことがあるものだ。彼女は何をしているのだろう。広い庭園に私と彼女、たったふたりだけしかいないのに、知らないそのふたりがしかも楷の樹に関心があるなんて――。

若い女性は、しばらく樹のまわりにいて、名残り惜しそうに遠ざかった。しかも一度は遠ざかったのだが、私が歩いて来たように、小道に沿って迂回し、今度は左の前から私の方に近づいてきたのだ。

私は驚いた。どきどきした。彼女はやはり楷の樹を見ながら歩いていて、私のすぐ前十メートルほどまで来て、私に気がつき、驚いて方向を変えてしまった。

辺りは誰もいない。私は一瞬、声をかけようと思った。なぜ楷の樹をそんなに繁々と見ているのか、その理由を聞きたかった。わざわざこの金沢文庫まで、楷の樹を見に来るなんて、どこから来たのか、楷の樹が楷書のもとだと言いますが、あなたは知っていますか――、いろいろ聞きたかった。

だが、というべきか、やっぱりというべきか、気の弱い私はとっさに声を掛けることができなかった。あっと言う間に、私の斜め横を、黄色いワンピースは遠ざかった。うーん、残念。私は自分のふがいなさに臍をかんだ。

どうしてあのとき、話しかけなかったのだろう。このことは後々までも残念だった。ひょっとしたら美人と知り合いになっていたかもしれないし、あわよくば楷書の謎を知っていたかも知れない——。

なぜ彼女が楷の樹に関心を持っていたか、いまだにその理由は分からないが、ひょっとしたら、書道をたしなむ人で、学問の神様でもある孔子に、字がうまくなるようにお願いをしていたのではないかと思ったりしている。

楷の樹を捜して旅をするのも面白い。

連れ出された閑谷学校への旅は、紅葉と黄葉の二本の楷の大樹に感動し、子貢が植えた誠心の樹と、その種子を持ってきた日本人に思いを馳せ、さらに楷書の語源までたどることになった。旅はまた、新たな思考の旅にも連れ出してくれる。

8

白いエンジュの花の雨

『紅楼夢』の舞台で出会った女詐欺師

私の家の近くに羽根木公園という樹木の生い茂る広い公園があり、その入り口につづく道の両側にエンジュ（槐）の樹が並んでいる。ご存じ北京の長安街と同じエンジュである。品のいい豆科独特の対生の葉、黒っぽい縦縞のある幹、北京の目抜き通りにふさわしい格調の高い街路樹だ。初夏に、枝先に房のように白い花が咲く。白といっても緑がかった白で、白緑といってもいいくらい。清純な色。植物図鑑風にいえば、花の色は薄い緑がかった白色、紡錘型の総状花序が夏に上を向いて咲く。

一本の樹にえんどう豆のような小さな花がたくさん咲くから、その散り方も派手で、道路一面にまるで誰かがわざと撒き散らしたように散る。中国の夏の花の代表でもある。私は特に、夏に北京に行くことが多かったので、この花の散るのを何度となく見ている。暑い北京の夏のイメージ。それでも色がさわやかなので、清涼感もある。

エンジュの種類は多く、中国の街にはさまざまなエンジュが植えてあり、一度ならずそれらの写真を撮って歩いたが、葉の形や枝振り、花の種類も多く、細かく見ていくと分からなくなってしまい、いつのまにかやめてしまった。なかでも「枝垂れエンジュ」と和名の付けられた「龍爪樹」は葉の先が爪のように尖っていて、花も大きく、その品のいいこと、他のエンジュの比ではなく、すばらしい。大使館の街である三里屯の街路樹はすべてこれ。友好なんとかで日本に送られてくる中国の樹木の代表も、この枝垂れエンジュである。京都植物園、代々木公園、それに住職が中国好きの私の田舎のお寺、西教寺にもある。

もう何年も前のことだが、ある夏の日の昼下がり、私は北京の大観園に行った。見せ物で「覗きからくり」を園内でやっているという。ご存じ大観園は『紅楼夢』の舞台になった広い豪邸を模した、池あり、たくさんの東屋《あずまや》ありの大庭園である。

真夏の昼すぎである。広い庭園にはほとんど人がいなかった。七月の太陽が遠慮なく地面に照りつけている。暑い。朱色に塗られた建物が池に面していくつも並んでいた。どろりとした水面に小舟が浮かんでいるが、じっとしたまま動かない。

私はお目当ての覗きからくりを見て散々写真を撮り、台の上で語りをやる婆さんとも仲よくなって、満足だった。何でも江南の方から、この夏ここに店を出すという契約で、期限付きで来ているのだそうだ。商売ではなく、アトラクションの一部として店を出しているらしい。

この「覗きからくり」は、本当は亭主が、主役の「語り」をやっていたのだが、三年前に亡くなって、今では残された婆さんが、このからくりの屋台の所有者で親方。亭主の弟子、といってもその男ももうかなりの歳だったが、今ではそのじいさんといっしょにほそぼそとやっているのだという。婆さんが次々と紐を引っ張って場面を変え、うなる。傍でじいさんが銅鑼や鐘を打って拍子をとった。

「主人が生きているときは三人で日本にも呼ばれてデパートで興業した。あのころが一番楽しかった」とも。

それから私は、ほとんど人のいない庭園をぐるりとまわり、ひと休みしようと思ってベンチに腰を降ろした。目の前には林黛玉も愛でたという蓮池があり、正面には池に張り出した東屋があった。『紅楼夢』の中にも出てくる、一族で蟹を食べる有名な宴会があった場所である（京劇『紅楼夢』第三十八回藕香榭吃螃蟹）。

それにしても暑い。座っているだけで汗がにじみ出てくる。木陰といってもエンジュの枝の間から、太陽が容赦なく照りつけた。足元に白い花がたくさん散っている。

ところが、ふと気がつくと、どこから現われたのか広い庭園の向こうから若い女性が二人、私の方に向かって歩いて来た。

ふたりは十メートルほどのところまで近づいて立ち止まり、なにか話しながらこちらの様子をうかがっている。

お互いに顔を見合わせ私の方をちらちらと見ているのだ。確かにおかしい。

やがてそのふたりは意を決したように私に近づいてきて、恥ずかしそうに話しかけてきた。

ふたりとも歳のころは二十歳をちょっと超えたところか。古い黒っぽいチャイナズボンに白いシャツ、質素な身なりが印象的である。いかにも田舎から出てきたような身なりだが美人であった、というよりかわいい。それに何よりも若い。

話しかけてきた女性は小さな声。だからよく分からない。そうでなくても中国語はよく分からないのだ。いくつかの単語で判断するしかない。本当は相手の中国語もよく分からないのだ。なにしろなまっていて発音が悪い（と私はいいたいのだが）。

ずいぶん時間をかけ、途中からは紙をだして字を書いて話を聞いた。若い女性とたどたどしい会話、手話、筆談は、私にとっては悪い気はしなかった。きめの細かい白い肌がまぶしい。

彼女の話をまとめると、だいたい次のような話であった。

彼女は、山西省の田舎町で小さな商売をしている父親と弟、三人で暮らしていた。家は貧しく、母親は彼女が小さいとき亡くなったという。ところが、さらに運が悪いことに、一カ月ほど前に、父親が突然に原因不明の病気で死んだ。自分とまだ学校に行っている弟が残される。突然の死に、姉弟は途方に暮れた。収入はない。弟が学校に行く費用もない。

ところが父親が死んで三週間たったある日、祖先の祭ってある祭壇の裏から、父の隠していた小さな金の板が一〇枚ほど出てきた。姉弟は驚いた。

「これでふたりが暮らして。また弟も学校に行けると思った。――だが中国では金の取引は許可なしには禁止されています。届け出たら没収されるかもしれません。しかし私たち姉弟は、これがなければ食べていけません。なんとかこっそりお金に変えようと、北京まで友達と出てきたのです」

ともうひとりの若い女を紹介した。

女が袋の中から取り出した金の板、というよりそれは日本の江戸時代の銭である「一分銀」といった感じの、小さな金の板であった。立て二センチ、横は一センチほど。驚くほど金色に輝いている。ピッカピカである。

私は彼女の眼をみた。きれいな眼だった。その上あどけない。彼女は必死だった。懸命に私に説明して自分たちの身の上を分かってもらおうとしていた。額からうなじにかけて汗をにじませている。私にその「金」を買ってくれというのである。闇で売らないとお金にできないから、助けてほしいとも言った。私は彼女のひたむきさに心を奪われた。

さて、中国のことをよく知っておられる方はすぐにお分かりのことと思う。

彼女は立派な詐欺師なのである。金の板なんて真っ赤な偽物。いや、真っ黄色のイミテーションなのだ。おそらく山西省出身も、父親の話もすべてウソであろう。私は袋から取り出したその金の板を手のひらに載せてみて、その軽さに決定的なものを感じた。しかし、懸命に嘘をつく彼女の姿は健気だった。見事といってもいい。真に迫っていた。それにもうかなり時間をかけて説明をしている。

その懸命さに私も、金の板はともかく、そんなに困っているのだったらと、思わず彼女にお金を出したくなるほどであった。

私は必死に取りすがる彼女を振り切って、歩き始めた。彼女は手のひらに金の板を載せたまま、待ってくれと私に追いすがってきた。それでも私は振り切って歩いた。

暑い地面である。十歩ほど歩いて私はちらりと振り返った。まだ彼女の声が聞こえていたからである。彼女は懸命に私を呼んでいた。両手を前に伸ばし、金の板を手のひらに載せたまま私の方に差し出していた。その姿は絵に描いたように美しく印象的だった。まるで舞台の幕切れのシーンのようだった。私はかまわず、再び前を向いて歩いた。

地面にエンジュの花が無数に散っていた。私は容赦なく花を踏みながら歩く。頭の上の枝から花が音もなく降ってくる。薄い緑がかった白いエンジュの花の雨である。私はふと、後ろのほうで、腕を前に差し出したまま彼女が泣いているのではないかと思った。白い小さな花の雨。それは彼女の涙であるとともに、私の心の中にもはらはらと降ってくる涙雨であった。

9

タイ、丘の上の高級リゾート・ホテル

ブーゲンビリアの垣根の中の夢と現実

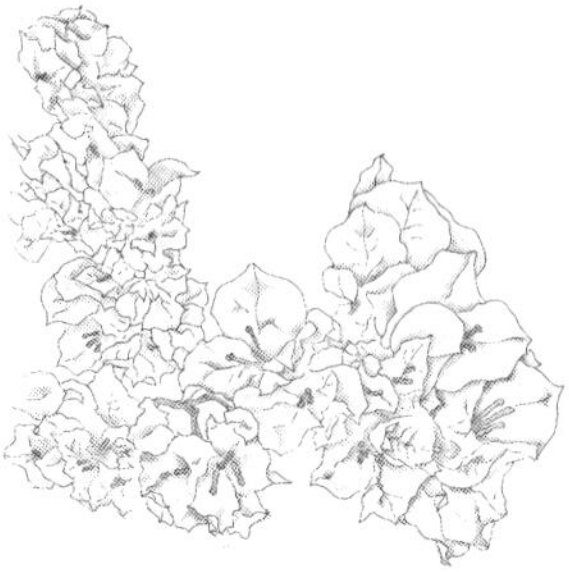

バンコクから南に向かって、バスは観光地で有名なパタヤ・ビーチを走り抜けていた。日本人にもよく知られているパタヤ・ビーチは、海岸の傍の道の両側に、露天の飲食店や土産物屋が何百軒も立ち並び、さらにその陸側にはさまざまなホテル、劇場、映画館、その間に、またレストランが連なるというありさまで、多くの観光客でごった返している。あまりの喧騒に今では嫌がる人も多いらしいが、二十年前の当時、はじめてこの海岸に訪れた私としては目を見張るものがあった。ぜひこの雑踏の中を歩いてみたい。毎日この雑踏の中を歩き回ることができたら、現在のタイのさまざまな現象を直接見ることができ、

またタイ人固有の生活や文化、多くの民族的な風習や、習慣も洞察することができると思った。ぜひこの海岸のホテルに泊まりたかった。

しかし、非情にもバスはその海岸通りを走り抜け、さらに南へと向かい、やがて目の前に海と広い空が開け、芝生の植えられた緑の丘の上に到着した。

雑誌の企画で四人の女子高校生を連れての観光旅行である。カメラマンも添乗員も一緒だった。タイのごく一般的な観光旅行コースをまわる旅だった。私は単なる引率役である。

丘の上に大きな白いリゾート・ホテルが一軒建っていた。広い正門からバスはそのまま入って玄関に到着した。私はがっかりした。まわりは何にもない。さっき通りすぎたパタヤ・ビーチとはまったく違う世界が広がっている。別の言い方をすれば、世界中どこにでもある高級リゾートだ。

ホテルの芝生の敷地に入ると、両側の高い垣根にはブーゲンビリアが咲き乱れていた。日本では鉢植えにするものだが、ここでは大きな垣根になって連なっている。それだけに常夏の異国情緒一杯だった。美しかった。

私たちの育った世代は、このような熱帯の花が身近になく、しかも半透明の透き通ったピンクや、紅の色はとても美しく見える。

バスで通り過ぎる瞬間、ブーゲンビリアには地味なオレンジ色や、白色のものもあることに気づいた。すばらしい南国の色だ。正門から建物の入り口まで百メートルはある。その中を、ショートパンツにTシャツ、アロハシャツ、あるいは水着にバスタオルだけという男女が歩いていた。

白人の観光客が多い。リゾート・ホテルはどこもそうであるが、ホテルの敷地内だけで、あらゆる遊びができるようになっていて、私に言わせれば、何もタイでなくても、ハワイでもグァムでも同じなのだ。この中で暮らせば、タイのことは何も分からないだろう。

ホテルの周辺にはさまざまな南国の植物が美しく植え込んである緑の遊歩道、その間に三つのプールと、それぞれ趣向を凝らした五つのレストラン、それに瀟洒な教会まで揃っていた。

丘の上だから、空が広くて青い。南側の砂浜を降りてゆくと、波の押し寄せる白い砂の海岸が左右にどこまでも広がっていた。砂浜のあちこちに椰子の葉で葺いた屋根と柱だけの小屋があって、冷たい飲み物が揃えてあった。すべてホテルの敷地内である。

そのホテルから、我々は毎日マイクロバスに乗って、あちこち観光に行った。一日、小さな島にも行った。島の中には射撃場、水上スキー、パラセーリングなど、いろいろな遊び道具が。またパタヤ・ビーチでは「おかまショー」を見た。女子高校生におかまショーはいかがなものかと、私は難色を示したが「いや極めて健全です」という現地女性ガイドの説明に妥協して見に行った。確かに歌と踊りの「健全な」ショーで、出演者はすべて女装の若い男だが、これがみな、どこか見覚えのある日本のタレントに似ていて実におもしろかったのである。夜のパタヤはそんなところであった。

バスがホテルを出入りするとき、必ずブーゲンビリアの垣根の傍を通った。目の粗い金網でできた垣根の下の方はところどころ蔓のないところがあり、下の方は金網を透して外が見える。その金網の下で、三歳くらいの白人の女の子が、緑の芝生に腰を下ろして遊んでいた。おそらくホテルに長期滞在する家族の子供だろう。よく見ると、ホテルの敷地外である金網の向こう側に、やや茶褐色の小さな男の子がいた。五歳くらい。現地のタイ人の子供である。向こう側は芝生ではなく、砂地が続き椰子の木が繁っていた。白人の女の子にとっては、同じような歳の遊び相手がホテルの中にはいないのであろう。ホテル住まいの女の子と現地の男の子、金網の内と外はその暮らしている環境が随分違うのだが、子供同士仲良く遊んでいて、それは微笑ましい風景だった。

午後の空き時間、高校生がホテルのプールや水の滑り台で遊んでいるとき、私はひとり南側の海に出てみる。大きな波が打ち寄せていた。

砂浜をホテルの前からずっと海に沿って横に歩いた。砂浜にはいくつかの椰子の葉の小屋掛けが建っていて、コーラやジュースとともに簡易ベッドがあり、泳ぎに疲れた白人が、水着のまま現地の人にマッサージをしてもらっていた。のんびりした風景である。白人と、マッサージをしている人の褐色の肌の色が対照的だった。私はそうした景色を横目に、さらに砂浜を歩いて行った。どこまでがホテルの敷地かは分からない。

まもなく陸側はすぐに椰子の林になった。背の低い葉の広がりの大きな椰子である。鬱蒼としている。ひょっとしたら自然そのものかもしれない。

私は少し不安だったが、大きな椰子の林に入って行った。林の向こうに、まだホテルのビルも見えるところだ。林の中も砂浜だった。しばらく歩いていくと椰子の林の奥に一軒、現地人の家があった。もちろん屋根は椰子の葉で葺いてあり、壁はそれを編んだ板のようなもの。いかにも簡単だが、建物のまわりに生活道具が散乱し、子供の声が聞こえた。それに何よりも家の敷地の隅に、サンパーブームといわれる小さな神社が立っている。それは木の一本足の上に小さな祠が祭ってあり、タイの家ではどこでも、町中であればビルの屋上やマンションのベランダにまで立ててある、ごく一般的な氏神さまのようなものだ。日本でも昔は各家に小さな神社があったというから、ひょっとしたら同じ風習かもしれない(タイのアカ族の村の入り口には鳥居もあって、日本の神社の鳥居の形によく似ている。日本人の祖先の中にはその昔、このあたりから来た人も多いのではないだろうか)。

このサンパーブームは、私が初めてタイに出かけたときから気にしているもので、日本経験の長いインテリガイドから詳しく説明してもらったことがある。祠には二種類あり、四方に入り口のあるヒンズー教のお寺の形をしたもの。中に祭ってある本尊は仏像。もうひとつは入り口がひとつ、切り妻屋根の社《やしろ》で、ちょうど日本の大社造りの神社を小さくしたようなもの——中には、木の板の御神体のようなものが祭ってある。こちらは自然崇拝であろうか。どちらを選ぶかはそれぞれの家庭によって異なるらしい。これは私の推測だが、おそらく大社造りの社の方が古く、もともとそういったシャーマニズムがタイにはあって、そこにヒンズー教と仏教が入ってきた、あるいはその混じり合ったものが後から入ってきたのではないだろうか。いずれにしても、バリ島などにも家の東北の角に日本の氏神様にあたるサンガーという祠があるのを見たことがある。

祠はともかく、椰子の林の中の民家はきわめて庶民的であり、そこには生活の臭いがあり、現地人の家族が暮らしていて、思いがけずそんな海岸の民家に出会えて私はうれしかった。

家は一軒が単独で建っていて、見方によっては自給自足的な生活のようにも見えた。近づいてみたい気もするし、できれば中に入りたかったが、言葉も通じないから入る勇気がない。

井戸はあるのだろうか?おそらく電気も来ていないのではないか。私は少し離れたまま注意深く観察した。そのうち母親らしき女性が小さな子供を抱えて出てくると、続いて半分裸の四人の子供が出てきた。女性は一番小さな子供を抱えたまま、洗濯物を取り込み、庭のバケツの水を他のものに移した。父親の姿は見えない。

父親がどこかに働きに行っているのなら生活はできるだろうが、もしそうでないとすれば何で生活をしているのだろう、と私は考えた。まわりは椰子ばかり、砂地だから畑はできない。漁師かとも思ったが、少し離れた前の海には船らしきものもないのである。だが確かに家族が暮らしているのだ。椰子だけで生活できるのだろうか。

それからさらに海沿いに椰子の林を行くと、かなり離れて同じような民家が何軒かあった。どの家も子供がたくさんいた。そして貧しい。ホテルの中の暮らしとはまるで異次元の世界だった。かなりのカルチャー・ショックを私は感じた。

次の日はまた観光だった。バスで小さな波止場まで行き、船で目の前の島に渡った。バスがホテルの正門を通過するとき、いつものようにまた白人の女の子が、ブーゲンビリアの金網のところで外の男の子と遊んでいた。ふたりとも砂に座っている。

コーラン島はレジャーの島であった。スキューバダイビング、パラセーリング、モーターボートと水上スキー、さまざまな近代的な遊びが用意されていて、我々について来てくれている現地の旅行社の女性ガイドがすべてお膳立てをしてくれた。小柄で目が大きく肌の色がやや茶褐色、若いはつらつとした女性だった。こまごまと機転が利いてよく私たちの面倒をみてくれた。旅行中、全コースをエスコートしてくれている、日本から一緒に来た日本人女性添乗員は、昨晩の海岸での夕食の海老がアタッタらしくて一日お休みをした。私以外はみんな海老を食べたのに、彼女だけアタッタのである。私は用心をして食べなかった。大きな海老の顔にアタルゾと書いてあったからである。だいたい私はへそ曲がりなのである。みんなが島の海岸で泳いでいるときは、後ろの山に入って植物の観察をしていた。島には熱帯の蝶も多い。

帰りにまたふたり子供のいるブーゲンビリアの垣根の横を通った。

次の日の午後は自由行動だった。例によって私はホテルの敷地内を歩いた。いつもの逆の正門の方に行った。ブーゲンビリアの垣根である。蔓性の茎や枝にとげがあり、これで垣根をつくるにはもってこいだ。おまけに花も美しい。ガイドによると花は一年中咲いているのだそうだ。半透明の三枚のきれいな花びらは、実は花ではなく花のまわりにある萼が発達したものだ。よく見ると筒状の小さな花が三つ、それぞれ一枚の萼にくっついている。だから小さな筒状の花は雌しべのように見える。

いつもバスの窓から見かける白人の女の子がいた。間近で見るのは初めてである。金網の向こうにはやはり男の子がいた。垣根を挟んでふたりで何かをいいながら遊んでいる。言葉は通じないが、子供同士あい通じるところがあるのだろう。男の子が一生懸命垣根の外の砂を、彼女に渡していた。手を伸ばせばお互いに触れ合うこともできる大きな網の目の金網だった。垣根の上の方から半透明のピンクのブーゲンビリアが垂れ下がっていた。

私は黙って通りすぎた。金網の外にいた褐色の男の子は、ひょっとしたら昨日見た椰子の葉の民家の子供ではないかとふと思った。


次の日は、白人の母親が女の子と一緒だった。自分の娘の傍にしゃがんで何か男の子に話しかけている。顔や服装からフランス系と私は見た。よく見ると、褐色の男の子が、金網のこちら側に入って来ている。網の下の砂を掘って、ホテルの敷地内に入って来たのだ。すっかり仲良しになったのであろう。母親はしばらくそこにいて立ち去った。

すると、入れ替わるように、そこに現地の旅行ガイドの女性がやって来た。いつもの紺のスーツにハイヒールを履いている。ホテルの中では観光客はみんなラフな格好をし、ショートパンツにシャツ、あるいは水着のものが多いから、すぐに女性ガイドだとわかる。我々のツアーについている制服姿の女性ガイドとロビーでよく一緒にいるので、私も顔を知っていた。

我々についているガイドの話によると、自分たちは、タイでは超エリートなのだそうである。月給も高いから希望者も多く、すごい競争率。バンコクで厳しい試験のうえ選ばれたらしい。そして訓練、語学の履修と教習も大変だったらしい。並の努力ではないのだという。だからプライドもある。

垣根の傍に来た現地ガイドはまだ二十歳を過ぎたばかりのかわいい女性だった。彼女はバンコクに着いたときから、この白人の家族をエスコートしている。一家がタイに滞在する間、移動やホテルの手配、そのほかさまざまな生活の面倒をみるのである。

彼女は任務に忠実なのか、あるいはそうすることが自分の使命であると思ったのか、ひとことふたこと言って、少女を垣根から引き離し部屋に帰ろうとうながした。反対に、現地の子供に向かっては、垣根の外に出るように厳しく言った。せっかく仲良く遊んでいるのに、彼女は無情にもふたりが遊ぶのをやめさせたのである。現地の子供と遊んで、白人の女の子に何かあったら、自分の責任になると思ったのであろう。何だかかわいそうな気がしたが、彼女は容赦なかった。そうして傍に立っている女の子の手を引き、ホテルの方へ行ってしまった。

次の日から垣根を挟んで、女の子も、男の子も見えなくなった。観光の行き帰り、バスが玄関の横を通るたびに見えていたふたりがいなくなった。

何日か観光をして、私たちも明日は日本に帰ることになった。私は、白人の女の子と現地の子供のことを忘れたわけではなかったが、毎日の刺激的な観光のせいで、心の隅でかすんでいた。大した出来事ではなかったからである。

最後の日、私は見納めに海を見ておこうと再び南側の砂の海岸を歩いた。足がまたいつのまにか、椰子の林に向かっていた。そしてあの民家の近くまで行ったのである。

椰子の林の中を歩きながら私はふと、二十メートルほど先に歩いている黒い人影を発見した。影はすぐに椰子の木の向こうに消えた。私はびっくりして少し歩幅を早めた。人影は女性だった。しかも紺のスーツを着ている。砂の中を歩きにくいのか、ハイヒールをぬいで手に持っている。それでも歩き方は早かった。後ろにいる私のことは気がついていない。確かに現地旅行社の女性ガイドである。しかもあの白人の女の子の家族をエスコートしている若い女性だ。

女性はさらに歩きを早めて、あの民家に近づいた。次の瞬間、私は驚くべき光景を見た。近くで遊んでいた子供たちが彼女を見つけて一斉に駆け寄ったのである。中には飛びついている子もいる。「お姉ちゃん」と子供たちは口々に言った（ように思った）。すぐに母親が出てきた。私はその子供たちの中にあのブーゲンビリアの垣根に毎日来ていた男の子がいるような気がした。女性添乗員はこの家の出身だったのではないか。子供たちはみな彼女の弟と妹なのではないか。思いがけない光景に私の胸は高鳴った。

弟と妹に囲まれる彼女の笑顔は、あのとき白人の女の子を垣根から遠ざけ、現地の子供を垣根の外に出るように厳しく言った女性の態度とはまるで違っていた。母親との会話、妹や弟たちに対する振る舞い、彼女は間違いなくその家の一員であった。娘だったのだ。私は驚いたまま椰子の幹の影で動けなかった。

その晩私はベッドに入ってから、彼女があの民家の中で家族といろいろ話している姿を想像した。幼い子供たちがスーツ姿を珍しがっているかもしれない。母親が仕事は辛くないかと聞いているかもしれない。傍にいる父親は近くの海で漁をして疲れ、首を回しているかもしれない。——いろいろと想像した。彼女も明日、ここを去るのだろう。おそらく首都バンコクに帰るのだ。それで前の日にやっとわずかばかりの時間を見つけて、自分の家に帰ったのに違いない。何日もいたのにそれまでは仕事に忠実で、せっかく実家の傍にいたのに帰れなかった。毎日ホテルに泊まりながら自分の担当の白人家族に気をつかい、またときには一緒にレストランでおいしい食事をし、お湯のあふれるバスタブにつかりながら、彼女は何を考えていたのだろう。目と鼻の先にある椰子の葉の家にいる自分の大勢の家族のことを考えていたのかもしれない。

おそらくその椰子の小屋で育った彼女は、相当の努力をしてバンコクで試験を受け、ガイドになったのだろう。厳しいまでに仕事に忠実なのはそのせいかもしれない。彼女は、別世界である仕事の上のホテルでの生活と、家族のいる現実の茅葺きの家の生活との間で、いったいどんな気持ちで、何を考えながら生きているのだろうか——。同じ時間を生きるふたつの違った家族と自分。紺のスーツはやはりあの椰子の葉の民家には似合わないなあ、と私は思いながら眠った。

10

錦木《にしきぎ》を持つ男

江戸時代にもてはやされた悲恋物語

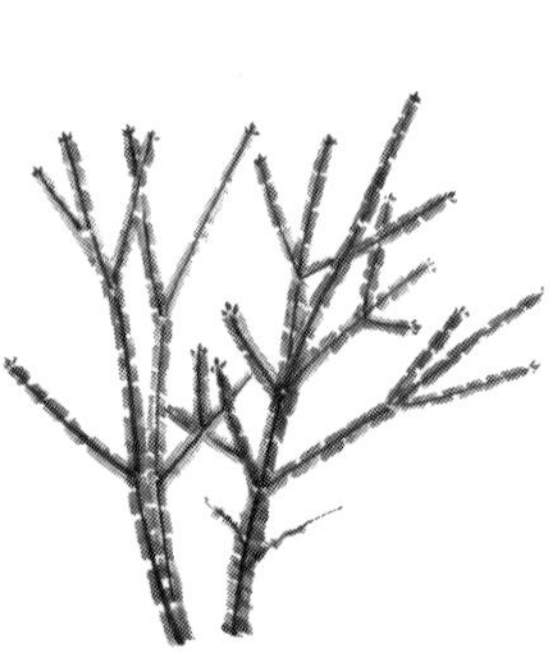

晩秋の庭や、山野を彩る紅葉は、古くから多くの人の心を引きつけてきた。まして昔は、現在のように周囲にさまざまな色があふれていないから、春の芽吹きや桜、秋の紅葉はとりわけ人々の心を引きつけたに違いない。

紅葉の中でも、人里にあってひときわ赤い葉で人々の気をひくのは、楓、ナナカマド、ハナミズキ、ツツジの仲間のドウダン、それに最近はブルーベリーなどがある。なかでも錦木は、読んで字の如く鮮やかな彩りで、古くから山野で、そして庭木にしても人々に愛されてきた。

最近、秋川渓谷の土手で、真っ赤に色づいた錦木を見た。朱のアカではなく紫がかった紅色は、木々の中でもひときわ美しい。枝にコルク質の偏平な翼を持ち、すこし朱色っぽいかわいい実をふたつずつ無数につけている。翼のない錦木をコマユミというそうだが、実も葉も、古来、弓の弓幹《ゆがら》（台木）として使うマユミ（真弓）に似ている。それにしても見事な葉と実のアカである。

昔々、奥州は秋田県、十和田湖の南、いまの鹿角《かづの》市の辺りには、古くから男女を取り持つ、ある伝説があった。男が思いを寄せた女性の家の門に、錦木の枝を立てかけると、求愛の意思表示をすることになり、さらにその枝を女が家の中に取り込むと承諾の意味をなすのだという。しかし、いつまでたっても錦木が、取り込まれない場合は、毎日一本、千本立てると願いが叶うとされていた。

あるときその村の長《おさ》で、先祖は都から赴任してきた大海《おおみ》という男に、政子姫という美しい娘がいた。その娘を、市が立つ日に見かけた若い男が思いを寄せ、娘の家の門に錦木を立てかけた。男は錦木を売って歩く男だったという。もちろんその錦木は、家の中に取り込まれることはなかった。

男は、その日から毎日一本、錦木を長の家の門に立てた。雨の日も、風の日も、そして雪の日にも遠い道のりを、毎日、毎日通った。

政子姫は機織りの名手だった。姫は鳥の羽を折り込んだ布を織っていた。その布で子供の着物をつくると、大鷲にさらわれないという言い伝えがあった。村の「五の宮岳」には大鷲が住んでいて、ときどき子供をさらっていったからである。政子姫は、村人のために三年三カ月の願を掛け、その布を織っていたのである。

身分は違っても、娘は毎日遠い道のりを通ってくる男に次第に好意を持つようになったが、願掛けが成就するまで錦木を取り込むことはできなかったのである。男はそれでも通い続けた。思いつめたらどこまでもやり遂げる強い心根の青年だった。

あと一日、九百九十九日目に男はついに雪の中に倒れた。そしてそのまま動かなかった。雪が彼の身体に降り積もった。青年の願いはついに叶わなかったのである。

政子姫の三年三カ月の願いもあと少しであった。そして娘も後を追って死んでしまったのである。

村長の大海はふたりをいとおしく思い、立てかけられた錦木と一緒に墓をつくって埋葬した。いまでも村にはその墓石が残っているという。

この錦木の話は、平安末期には都にも知られていたとみえ、藤原俊成が歌に詠んでいる。

錦木の千束の数も今日満ちて、狭布《きょう》の細布《さいふ》胸や逢うべき

錦木はその後たくさんの歌に詠まれ、歌枕にもなった。

立てそめて帰る心は錦木の、千束待つべき心地こそせね

という歌も西行の『山家集』にある。

奥州の錦木伝説は、室町時代になっても語り継がれ、足利義満に可愛がられた能の世阿

弥がこの話をもとに、その名も「錦木」として謡曲を残している。

弟子を連れた諸国行脚の僧が、陸奥の国の狭布の里にやってくると、錦木を持った男と、細布を持った女が出てきて、昔をなつかしんで僧の前で語り合う。不思議に思った僧が尋ねると、ふたりは昔の錦木の話をしてくれる。男が錦木を、女の家の門に立てかけたのに、ふたりは結ばれなかったという話だ。

そこまで話して、ふたりの男女は、僧を、今では錦木塚と呼ばれている墓まで案内し、そのまま石の中に消えていってしまう。ふたりは亡霊だったのだ。

そこで僧は、ふたりの霊を慰めるために塚の前に座り読経をすると、再びふたりが現われて、僧に礼をいう。そしてまた昔の話を再現し、男が千日通いつめた苦労を語り、今度は女が男を受け入れて結ばれるのだ。そしてふたりは喜びの舞を僧の前で踊る。

朝になると、亡霊は消え、あるのはただ大きな石の塚があるだけだった。僧の読経のせいでふたりはやっと結ばれたのである。

さらにさらに、時代は下って江戸時代。国学者であり、旅行作家である菅江真澄が、秋田県の鹿角にこの錦木塚を尋ねている。平安末期から五百年以上たってもこの伝説は江戸で語られていたらしい。

菅江は、一七八一年に旅に出て、信濃、越後、秋田から津軽に行き、『真澄遊覧記』を書き、また秋田藩からの依頼で出羽六郡の地誌編纂にもとりかかっている。後に柳田國男が、彼の仕事を貴重な民俗資料として注目している。

錦木の朽ちし昔を思い出で、俤《おもかげ》にたつはじのもみじ葉

「はじ」とはうるし科の植物を指す。真澄の歌である。

植木職人によると、江戸時代から今日まで、紅葉する庭の植木として、錦木は根強い人気の木だ。こんなに長い間、人々に愛され続けた木はあるまい。

昨秋（二〇〇九年）、山種美術館が移転、新装オープンした。新生の美術館が最初に企画

した展覧会が、速水御舟《はやみぎょしゅう》の特別展である。日本画家として、最も評判の高い作家だ。開館祝いの速水御舟展。その最初に掛けてあった入り口正面の画が印象的だった。色の白い僧の恰好をした若い男が、底の浅い黒塗りの菅笠のような傘を被り、茅の生えている道を歩いている画である。

縦長の画面一杯に男の絵が描かれている。何の構図の工夫も凝らしていないような画。全体としては淡い色彩の美しい絵だった。

男は、白い丈の長い着物をまとっている。僧衣のようである。

衣の白い色は、日本画でよく使う、貝殻を砕いて塗る胡粉《ごふん》が使ってあるという。独特の趣のある白である。男は手に棒のような木の枝を持ち、やや下を向いて、前に掲げたその枝を見つめながら歩いている。一途に何かを思い詰めたような姿である。それは修行僧のようでもあった。

私はその絵の前で思わず立ち止まった。「修行僧のような」男の姿に打たれたのである。やさしい静かな歩き姿だが、青年が何かを願っているひたむきな気持ちがひしひしと伝わってくる。

タイトルをみるとなんと「錦木」とあった。あの奥州の錦木伝説の画である。十九歳のときこの絵を描いたという速水御舟もまた、藤原俊成や、西行や、世阿弥や、菅江真澄と同じように、九百九十九日間も通い続けた若い男の真摯な気持ちに心を打たれたに違いない。そして、速水御舟自信もまた絵の道を目指して、懸命に努力をしていたのであろう。人の思いや願いは、時を越えて伝わっていくのである。

11

向こう三軒隣組

日本的お隣との付き合い方

毎日Tシャツの上にリュックを背負ってさっそうとテニスに出かける近所のご主人。定年退職後どのくらいか知らないが、イケメンでまるで俳優のようである。そのご主人が、夕方、鉢を抱えてわが家を訪れた。「センセイ」と、その家では私のことをそう呼ぶ。何度も断わったのだが、奥さんともども「センセイ」はやめない。

「今晩、この鉢の花が咲きますから見て下さい」

一年間、育ててきた鉢の蕾が、今晩咲くというのである。匂いも「化粧した女性がそばにいるようないい匂いが」、と自慢の〈月下美人〉である。

この花を見るのは初めてではない。実はずいぶん前に私の属している研究会の会員で、広尾に住んでいる方のお宅に招かれて、「月下美人を見る夕べ」に参加したことがある。白い大きな花がテラスにそれこそ鈴なりに咲いた夜だった。それはかなり大きな「木」になっていた。

また、いつぞやは、私の高校の同級生が、これの赤い花をたくさん育てていて、枝をもらって鉢で育てたこともあったが、ここ十年ほどはずっと〈月下美人〉にはごぶさただった（実は、その赤い花は、月下美人ではなく孔雀サボテンだった。孔雀サボテンには、朱と白がある）。

差し出された鉢に私は恐縮した。一年間水をやり、手をかけて育ててきた鉢である。その花が今晩咲く。しかも一日だけ。その一番いい一日を私がいただいてもいいものか、という思いで一杯だった。

花を育てている人だったら誰でもそんなことぐらいはわかるだろう。一日だけはともかく、植物は花の時期よりも、花の咲かない時間の方が長いのだ。そのためには辛抱強い世話が長い間つづく。だから咲いたときのうれしさは格別なのだが、昨今は、花の咲いている鉢を買い、花が終わったら抜いて捨ててしまう者も多い。そして次々に新しい花を買う。

一年間、次の開花日まで育てる気なんかサラサラない、そういった「新人類」がたくさんいるのだ。

実はこの春、くだんのご主人から月下美人の差したばかりの鉢を二鉢もらった。今年は根付いて葉を延ばす――だから花は来年だと、私は最初からそう思っていた。ところが、鉢を持ってきたご主人に、「いただいた鉢は大切に育てていますよ」と指差した自分の家の鉢を見て驚いた。なんと大きな蕾が、それぞれひとつずつ付いていたのだ。

「あっ、これ今晩咲きますよ」とご主人。驚いたのは私の方である。玄関のいつもの通り口にあるのに、まるで気が付かなかったのだ。

ご主人はすごすごと持ってきた鉢をまた持って帰った。

夜十時を過ぎて、白い月下美人は静かに満開になった。見事だった。香水のような匂いも。美女はいなかったが、すてきな夜になった。おそらくくだんのご主人も、今頃は自宅で自慢の花をみているに違いない。

花は美しかったが、私は花よりも、鉢を抱えて来て、一晩限りの花を見せてくれようとした人の心に感動していた。今どきこういった人がいるのか。確かに昔はそういった隣近所の人情というか、付き合いがあったのである。

鉢の貸し借りも本当にあった。

子供のころ、田舎の私の家の隣の家には、立派な日本庭園があったが、あるとき、その家で親戚の者が集まって「寄り合い」をするというので、狭いわが家の庭の蘭の鉢を借りに来た。ちょうど花の時期だったのを、隣の主人はよく知っていたのだ。大きな鉢だったが都合三鉢、主人は抱えて持っていった。めったにない大事な法事の宴会の日だ。ことわる筋合いはない。そのころは向こう三軒両隣は隣組（隣保班）、よその家のその日のおかずもお互いすべて知っているような近所付き合いだった。それに田舎のことだ。寄り合いは自宅の座敷に大勢が集まって畳の上にお膳を並べ料理を出した。障子を開けるとまわりに廊下があり、居ながらにしてガラス戸の外の日本庭園が見えた。

「隣組」、あるいは「隣保班」といっても、最近の人はご存じないかもしれない。戦前は、単なるご近所づきあいというのではなく、しっかりとした隣近所の共同組織があって、情報の即時伝達や、また食料の買い出し、あるいは出征兵士の見送りや防災訓練など共同で、自分たちの近所のさまざまな世話や指導をした。だいたい十軒ぐらいの単位で、つくられていて、回覧板がしょっちゅう回ってきた。隣組をたたえる歌もあって「とんとん、とんからりと隣組」とみんなが口ずさんだ。岡本一平作詞の歌である。長いのを承知で転載すると、

とんとんとんからりと隣組
格子《こうし》を開ければ顔なじみ
廻して頂戴《ちょうだい》回覧板
知らせられたり知らせたり
とんとんとんからりと隣組
あれこれ面倒味噌醤油
御飯の炊き方垣根越し
教えられたり教えたり

とんとんとんからりと隣組
地震やかみなり火事どろぼう
互いに役立つ用心棒
助けられたり助けたり
とんとんとんからりと隣組
何軒あろうと一所帯《ひとしょたい》
こころは一つの屋根の月
纏《まと》められたり纏めたり

隣近所で、お互いに助け合うという意味もあったが、バケツリレーに代表される防災訓練など、強要されるところも多々あった。これは、昭和十五年（一九四〇年）に「内務省部落会町内会等整備要領」というのが出され、俗に「隣組強化法」といわれたものに基づいてつくられたもの。戦後の昭和二十二年（一九四七年）に解体されるまであった。

私の子供のころは、戦後といってもまだそういった隣近所の親密な関係というのは残されていて、祖母たちはよく、あの人はうちの隣保班の人だとか、違う隣班の人だとか、よく使い分けをしていた。隣保班同士だと、同じ家族とまでは行かないけど、かなり親密な親戚以上の付き合いだったといえる。

私は後に、キューバに行って同じような地域社会の組織化を知った。CDR《セーデーアール》といって、隣近所、情報の共有や助け合いもあるが、「相互監視」という意味合いもかなりあると聞いた。反革命の分子をお互いが見張るためであると――。これは共産国には共通のもので、ずっと後になっても、中国では「街道居民委員会」というのがあって、こちらは詳しく活動を聞いたことがある。東北、旧満洲地域で、残留日本婦人の中にも、街道居民委員会の委員をしていた人もいて、彼女の話によると、自分の街道居民の全家庭のその日の食事の内容まで、すべて委員は把握していたという。文革の末期は特に「活躍」したそうで、どこの家にも（無断で）自由に入って贅沢なものを持っていないか、古い封建時代の文化財を持っていないか、押し入れの中まで調べたという。あったら即没収し、破壊するのだ。同じ、隣近所の共同組織でも、その国の持っている文化や、国民の質に大いに関係する。

戦後、こうした組織がなくなり、日本では逆に、「隣の人は何する人ゾ」と言うほど、まったく付き合いがなくなってしまった。特に都会のマンションなどでは、そういったことが激しい。そのため、隣に泥棒が入っても分からなかったり、近所の子供を近所の人が面倒をみたりすることもなくなった。昔はよくあった隣の親爺が近所の子供を叱りつけたりすることもあり得ないわけだ。

ずっと前に、アメリカの中西部の小都市にホームステイをしたことがあるが、市の真ん中の広い芝生の中で、ひとりの中年の女性が近所の子供たちを集めて面倒を見ているのを、何度も目撃した。ひとりで十人以上の子供たちを見ている。これは、昔、西部開拓時代、アメリカ東部から幌馬車で、あるグループがこの土地に着き、ここで生活しようと思ってからずっと行なっている習慣だという。現在、東京の公園で、ひとりひとりの子供にすべて母親がついて面倒を見ているのを見ると、つくづく文化の違いを痛感する。無駄でもあるし、また甘やかしも感じられる。

しかし日本の田舎においては、今でも、そういった近所のコミュニケーションがあって、年齢の違う子供たちが、お祭りやお盆などの四季折々の行事で、一緒に顔を合わせ、共同で何かをするという習慣が残っているが、地方都市や、都会ではほとんどなくなってしまった。共同で道の掃除をしたりすることすらしないのである。

こうしたことは、社会にとってマイナスだということで、最近は町内会とか、近所のグループづくりも少し盛んになってきた。NHKが始めた、「ご近所の底力」という番組も大きな影響力を発揮したと思う。何かしようとすると、すぐに「元のようになる」と反対する勢力があるので、結構気をつかったなかなか巧みな演出だった。


さて、私が子供のころ、隣保班の付き合いで、お隣さんに、喜んで貸し出された蘭の鉢、三鉢はその後どうなったかというと——

一カ月ほどたって、ある日祖母がぽろりと私に愚痴をこぼした。

寄り合いはとっくの昔に済んだのに、蘭の鉢が返って来ないというのだ。私はこっそり見に行った。庭の真ん中に池があり、大きな石の横に、茶色の地肌を見せるさるすべりの樹が幹をくねらせ、その前にはつつじ、池を挟んで一番奥には私を含めて近所の子供がときどき蝉を獲るさくらの大樹があった。私は鉢を探した。よく見ると、池を囲んだ低い石の上に、隙間からちょうど顔を出すようにして、池の右と左、そして奥に、一鉢、二鉢、三鉢と全部で三鉢間違いなくある。それはもうすっかり庭に溶け込んで、庭の一部にさえなっているように思われた。

私は帰ってすぐにそのことを祖母に報告した。

それから何年かたったが、祖母はついにそのことを言い出せず、蘭の鉢もついに返って来なかったのである。

12

「鉢木《はちのき》」と「佐野の船橋」

能や謡曲に出てくる恋の浮橋

長い間付き合っていながら、一度もその友人の実家に行ったことがなかったのだが、近所に大きな植木の市場があるという「売り込み」につられて、ついに前橋の彼の実家に行った。

高速道路を高崎のインターで降りて北に向かうのだが、実家は前橋というよりほとんど高崎寄りで、烏川《からすがわ》という川の近くにあった。広々とした関東平野の真ん中、山ひとつない平地が四方に広がっている。山といえば古墳がふたつ。かなり有名な前方後円墳だ。

聞くところによると、この近くに、鎌倉時代、北条時頼が吹雪の中、一夜の宿を借りた

下級武士の家があったという。高崎市上佐野町。この地に佐野源左衛門常世という貧しい武士がいたらしい。確かにこの話は聞いたことがある。この説話をもとに世阿弥も謡曲を書いている（常世神社は源左衛門の屋敷跡だという）。

三十歳で鎌倉幕府の執政を降り、旅の僧となって諸国を行脚したといわれる北条時頼。上野《こうずけ》の国の佐野というところまで来て、大雪の中で道に迷った。夕暮れまでもう間もない。やっと小さなあばら家を見つけて一夜の宿を乞うが、あいにく主人がいない。女房は「貧しくてとてもおもてなしはできない」と一度は断わるが、やがて帰って来た佐野源左衛門が、雪の中を時頼の後を追い、連れ帰ってきて泊めることにした。

駒とめて袖うち払う影もなし佐野のわたりの雪の夕暮れ（藤原定家）

案の定、言葉に違わず貧しい家であった。夕食は粟を炊いたもの。ほかに食べるものはなかった。粟を炊くとそのあとは囲炉裏にくべる薪も底を突いてしまった。時頼はあまりの寒さに震えた。

見かねた源左衛門は、なんと鉢植えの盆栽の木を切って囲炉裏にくべたのである。長年苦労して育ててきた松、桜、梅の盆栽であった。

時頼は感動した。それほどまでにして一晩限りの名も知らぬ自分に尽くしてくれるのか。「御家人でありながらなぜこれほど貧窮しておられるのか」という時頼の問いに対して、源左衛門は答える。一族に領地をだまし取られたのだと。家の中を見渡すと、がらんとして何もない。ほとんど金になるものは売り尽くしていた。

しかし、男はきっぱりと断言する。「落ちぶれたりとはいえ、武士の端くれ、いざ鎌倉（幕府）に何かあったときは、一番に駆けつける用意はできている」と。そのときのために、いくら貧乏をしていても、刀と鎧、そして馬だけは売らずに用意しているという。時頼は馬を見て驚く。ずいぶん痩せてそれも年老いている。とても鎌倉まではもちそうにない。だが男の志に打たれた。これぞ関東武士の鏡。

鎌倉に帰った時頼は、折りを見て、関東の御家人に集合を掛けた。

「いざ鎌倉」。多くの武士が馳せ参じた。もちろん源左衛門も、老馬に鞭打って駆けつける。時頼はみんなの前で、老馬のため一番遅れて来た源左衛門を呼び出し、彼の日頃の心がけを褒めたたえる。驚いたのは、源左衛門。あのときの旅の僧が北条時頼だったのかと。「鎌倉武士の誉れ」と、時頼は源左衛門のだまし取られた荘園を復活させ、さらに上野の松井田、越中の桜井（現在の三日市）、加賀の梅田（現在の金沢市）、をそれぞれ恩賞としてとらせた。あの雪の日に囲炉裏にくべた鉢木の松、桜、梅にちなんだ地名だったという。

時頼の全国行脚については、異論があり、生涯鎌倉より外に出たことはないという人もいるが、『太平記』や『増鏡』には旅の記述が出ている。また、このエピソードは、大正十一年（一九二二年）に尋常小学校の教科書の巻十に取り上げられ、人々に愛読された。おそらく多くの日本人に、源左衛門の生き方が少なからず示唆を与えたのだろう。私なども小学校時代に「講談社の絵本」で読んだような気がする。

江戸時代には、佐野源左衛門と時頼のエピソードは、庶民の間でもかなり知られていたとみえ、例によってパロディー化され、川柳でも多く読まれている。

鎧着て乗るとよろける佐野の馬
源左衛門サボテンなどはとうに売り
あの馬は乗れますまいと最明寺

最明寺とは出家した時頼のことである。どれもなかなかウイットに富んだすばらしい川柳である。情報伝達がかなり行き届いた江戸の町と、庶民の「教養」の高さが窺えておもしろい。

小学校のとき、絵本を読んだときは気がつかなかったのだが、後にこの話を思い出したとき、最初に考えたことは、冬とはいえ盆栽を切って囲炉裏にくべても、生木はすぐには燃えなかったのではないかということ。さらに近年になって、疑問に思ったのは、鉢植えの木は、普通このような場合「松竹梅」というのになぜ、竹ではなく、桜だったのかということである。

一昨年、吉祥寺の露天の植木屋で、今年は世田谷のボロ市で、新種ともいうべき「旭山」という小さな桜の盆栽を見つけたが、一般的には、「桜は盆栽にはならない」というのが従来の常識である。おそらく成長が早く、大きくならないと花が咲かないのが一般的だからだろう。

「松桜梅」、おそらくこれは、世阿弥の創作ではないだろうか。松が松井田、桜が桜井、梅は梅田とちょっとできすぎている。ひとつの伝説をもとに、こうした語呂合わせともいうべき因縁話をつくるのがやはり作家、世阿弥の本領だったのであろう。

近くの古墳を見学していたとき、今度は「佐野の船橋」の話を聞いた。ここは古来、歌枕にもなっている船橋のあったところだそうである。船橋といえば、現在では、千葉の船橋を思い浮かべる人が多いと思うが、近世までは「船橋」といえば、佐野であった。古墳時代から利根川沿いの関東平野の交通の要衝だったのだ。

昔々、佐野町の西に流れる烏川、この川を挟んでふたつの村があり、東に朝日の長者、西には夕日の長者が住んでいたそうな。それぞれ息子と、娘がいて、このふたりが恋仲になった。親の目を盗んでふたりは逢い引きを重ねたが、逢うときは人目を忍んでいつも夜。当然、川にかかる船橋を渡らねばならなかった。

昔は、大きな川に橋を架けるのが大変で、大水が出るとすぐに橋脚が流されるのである。それに戦略上橋を架けてはまずいところもあった。そこで船を水にたくさん浮かべ、その船をつないで橋桁をわたすと、船橋ができる。この方が簡単だし、大きな土木工事も必要ない。その上、敵が攻めて来たり、いざというときには、すぐに取り払うことができる。反面、波に揺れ、不安定で風に流されることも。だから浮橋とも言った。

この佐野の船橋については、『枕草子』にも清少納言が取り上げていて、「春は曙――」ではないが、「橋はどこどこ――」といくつかあげてある中に佐野の船橋が取り上げられている。そのころから佐野の船橋は都まで知れ渡っていた。

私が船橋で思い出すのは、「一遍上人絵伝」である。大井川だったか、場所は忘れたが、絵の本題とは別に、背景にはっきりと川に船橋がかかっているのが描かれている。よく見ないと見落としてしまうところだ。これも、戦略上、本格的な橋を架けなかったのに違いない。そのころはいざ鎌倉ではなく、元寇の襲来で、早馬が鎌倉と九州を行き来していたらしい。最近は、こうした意味で、いままで歴史学上は、あまり顧みられなかった画や絵巻を「読み解く」研究をする人が増えている。

さて話が横道にそれたが、ふたりの夜の逢い引きを知った親が、逢わせないようにこっそり橋桁を何枚か取り払った。そうとは知らず、真っ暗な中を長者の息子は船橋を歩いてきて、川に落ちた。そして水に流されて死んでしまったのである。まもなく娘も後を追って入水してしまう。

このふたりの悲恋は、その後ふたつの村だけでなく周辺の多くの人々に語り継がれた。『万葉集』巻十四に、

かみつけの佐野の船橋取り離し、親は割《さ》くれど我はさかるがへ

という歌がある。親はふたりの仲を割こうと思っても、私は決して分かれませんよ、と

いう意味である。

以来、この話をもとに多くの歌人や宮廷人が歌を詠んだ。「佐野の船橋」、あるいは「佐野の浮橋」は「恋路」という意味にもなり、歌枕になった。

世阿弥もこの万葉の歌をもとに謡曲を書いたといわれている。いかにふたりの悲恋が、多くの人々の気持ちを引きつけてきたのかが分かる。


私がなぜ、この船橋に引かれたかというと、実は昨年の夏に上野の東京博物館で特別展「対決――巨匠たちの日本美術」という展覧会があった。中世から近世までの日本美術の作者を、師弟、私淑に限らず同じテーマで芸術家を対決させ、作品を対照的に展示するというユニークな企画。その中に楽茶碗の長次郎に対抗して、本阿弥光悦の意匠による蒔絵硯箱があった。

二十数センチのほぼ正方形の硯箱。漆塗りの蓋の真ん中が大きく膨らんで、金地の下地に黒いデザイン化された橋が懸かっている。さらにその上から銀色の字で歌が書いてあった。

東路《あずまじ》の佐野の○○分けてのみ思い渡るを知る人ぞなき

『後選和歌集』の源の等《ひとし》という人の歌だそうである。

歌の頭の、五、七の「佐野の」という言葉のあとが空白で何も書かれていない。それはわざと抜かしてあるらしい。伏せ字の遊び。「佐野の」とくれば誰もが「船橋」と知っていたのだろう。それほど有名だったのだ。

佐野の船橋、あるいは佐野の浮橋を折り込んだ歌はたくさんある。

今更に恋路に迷う身を持ちてなに渡りけん佐野の船橋（師頼）
去らぬだに道踏み惑う曇る夜にいかで渡らん佐野の舟橋（田多民治）

単に枕詞としてではなく、揺れ動く不安定な恋と、実際の船橋の流れに身をまかすさまとがオーバーラップしてなかなか意味深い歌である。

ひとつの伝説が能や謡になり、歌枕となってここまで意を汲んで歌となって昇華されると、万葉の昔に入水したふたりの恋もまた本望だったと言わねばならない。

13

ツキヨタケの陰謀

吾こそはキノコ博士と自慢した男の「死」

秋になると山は紅葉の季節だが、また一方では茸採りのシーズンでもある。もうずっと行っていないが、三十代はしばしば信州の佐久平を中心に山歩きをした。春は山菜、秋は茸である。こういった季節ものの採取は、その年、その年の気候の変化によるので、どうしても地元に住んでいる人の情報が大切。連れ合いの実家が佐久にあり、義理の父がこうしたことが好きだった。義父もそうだったと思うが、私の子供の時代は、やはり食料不足で野や山や川や海から、食料を獲得することにはとりわけ頑張った「幼児体験」がある。釣りにしても、決してレクリエーションではなく、釣果が期待されたし、山

にも柴刈りや落ち葉拾い、枯れ枝の採取も直接生活に結びついていたのである。幼いころは家ではまだ薪をたく竈《くど》や五右衛門風呂があった。

春の山菜はともかく、秋の茸はなかなか難しい。信州のカラマツの林に生える「リコボウ」(「イグチ」のことをその地方ではそういう)や「シメジ」などはよく分かっているからいいが、ちょっと違う種類の茸が見つかると、もうお手上げ。そのたびに義父に「これは食べられるかどうか」と、聞かねばならなかった。あるとき、千曲川の支流である湯川の温泉宿の傍の山で、倒木に群がって生える茸を発見した。薄い焦げ茶色のきれいな茸、一株で三十本はあった。私は上着を脱ぎ、株ごとごっそり採って義父に見せに行った。一抱えもあったからである。

その茸を見るなり「あっ」と義父は声を上げ、「それはクリタケ」と言ってそっけなく横を向いた。さっきからふたりでその山を登ったり下りたりしていたのにいっこうに成果が上がらなかったから、突然に、私が立派なクリタケをたくさん採ったことが悔しかったらしい。「おお、よく採った」とよろこんでくれると思っていた私は拍子抜けした。

「その茸は、毎年同じ倒木から生えるから、完全にとりつくしてはいけない。来年用に株を残しておかなければ……」。義父はすぐに私に注意をした。そのクリタケは、めったに採れない貴重なものだということが分かった。日頃はリコボウしかとれないのに。

もちろんその場所に連れて行ってくれたのは義父だが、私はちょっと得意になった。初めて採ったクリタケであった。

日本では昔から茸採りが行なわれていて、平安時代から鎌倉にかけて成立したといわれている。「今は昔……」の書き出しで有名な『今昔物語』にもしばしば登場する。しかも食べられる茸と、毒茸をまちがえた話である。

今は昔、あるとき京の北山に木こりが四、五人入って道に迷った。お腹はすくし、途方に暮れていると、山のさらに奥の方から何やら騒がしい声が聞こえる。それも女性の嬌声である。すると四、五人の尼さんが山の中から踊りながら出てきた。驚いたのは木こりたちである。最初は天狗に化かされているかと思った。しばらくして事情を聞くと、仏前の花を採るために山に入った尼さんたちも道に迷い、歩き疲れて空腹のあまりまわりにたくさん生えていた茸を採り、焼いて食ったのだそうだ。そうするとにわかに歌いたくなり、踊りたくなったのだという。

木こりたちは納得したが、自分たちもお腹がすいてたまらない。聞くと尼さんたちは茸をまだたくさん持っているという。そこで、腹をすかせて死ぬよりはいいと思い、木こりたちも、茸を焼いて食べた。

こうして、尼さんたちと、木こりたちは一緒に歌い踊りながら山の中を歩いて、無事人里に帰り着いたと。めでたしめでたし。

以来、その茸を「舞茸《まいたけ》」という（巻二十八の二十八話「尼ども、山に入り茸を食いて舞うこと」——現在の食用にするマイタケとは違うようだ）。

また巻二十八の十七話には、清盛につかえていた読経所の僧の話が出てくる。

今は昔、左大臣清盛の読経所の僧が、ヒラタケを採ってきて、師匠と若い童僧と三人で食べたところ、すぐにのけぞり返って苦しがり身悶え、吐いた上、僧と童は死んでしまった。清盛は気の毒に思い、絹や布、米をやってねんごろに葬式をするように言った。

ところが、死んだ僧の仲間であった東大寺の僧が、こともあろうに、こっそりヒラタケを法師に採ってこさせ、自分がそれを食べようとした。

「どうしたのか。この間茸事件があったばかりではないか。気でも狂ったのか」と同僚が聞くと、「私は貧乏で死んでもお弔いをすることができません。茸を食って死ねば、清盛さまが葬式代を出してくださる」と言ったという。悲しくも滑稽な話である。

ヒラタケは決して毒茸ではなく、その成長過程や、条件で、色や形がさまざまで他の毒茸とまちがえることが多いのである。


ヒラタケといえばこんな話もある。

信濃の国の国司であった藤原陳忠《のぶただ》という人が、任期を終えてたくさんの宝物をもって京に帰るときのこと。信州から美濃の国に入るために古来難所といわれた神坂峠を越えるとき、国司の馬があやまって桟道を踏み外し、深い谷底に落ちてしまった。従者たちは驚いたが、あまりに谷が深くどうしようもない。谷の底のほうには木々が林立していてその梢が上を向いて立っている。おそらく死んだのに違いない。

ところがしばらくして、下の方から声がした。「おーい、籠に綱を付けて早く降ろせ」。従者たちは驚いて、あわてて籠を降ろす。引っ張りあげたが何となく軽い。何と籠の中はヒラタケで一杯だった。続いて降ろした籠はとても重かった。今度は国司が籠に乗って上がってきた。しかも、片手は綱をつかみ、もう一方の手にはヒラタケを三房も持っていた。

谷底に落ちた国司は、途中樹にひっかかり奇跡的に助かったのだ。そのうえ、とりついた樹の幹にはたくさんのヒラタケが生えていた。「ヒラタケはもっとたくさんあったのに、全部採れなかった。もったいないことをした」と国司は残念がった。従者たちは、自分の命が助かっただけでも喜ばなければいけないのに、なんと強欲な人だと思ったという。

当時の公家たちは、地方に国司として赴任すると、庶民から散々税金をとり、任期を終えるとそれらをすべて持って京に帰っていたのである。それでも、賢い従者たちは、国司にゴマをすり、地方の住民たちがあなた様をお慕い申しておりますとおべんちゃらを言ったという。

今でも通用するような話である。話の主旨は、そこのところだが、生命の危険にさらされているときでさえ、ヒラタケを採ろうとしたのだからよほどヒラタケが好きだったのに違いない（巻二十三の三十八話）。

『今昔物語』には茸の話がまだある。毒茸をヒラタケといって上座の僧を殺害しようとして失敗した話である。七十歳になっても上座の八十数歳の別当が死なないので、自分は別当になれないかもしれない、自分の方が先に死ぬかもしれないと心配しての犯行だった。しかし、毒を盛られた別当は、毒茸に耐性を持っていて茸を食べても死ななかった。別当は毒を盛られたことを知っていて食べたのである。権力欲にとりつかれた浅ましい話である（巻二十三の十八話）。

さて今度は現代の話をしよう。つい最近、私が実際に聞いた話だ。

先日、わが家の近所の年配のご主人が、秋の庭の刈り込みに精を出していた。いつものようにどちらからともなく話しかける。もと官庁に勤めていた彼は、定年退職してからもう何年もたつ。八十五歳。若いときから山や川に出かけ、山菜採り、イワナ釣り、そして秋は温泉と茸採り。年期が入っているから山のことは何でも詳しい。都の農政課の仲間の人たちはそういった山歩きの好きな人が多いのだという。

彼の昔からの山の仲間で、特に茸の得意な人がいた。自分でも茸博士というくらい、あちこちの山に入って茸を採り、たくさんの本や図鑑で茸を調べた。官庁の仲間を連れて茸採りに行った。茸のことならなんでも知っていると仲間に自慢していた。もちろん、食べられる茸、食べられない茸の分類もすべて分かる。

ところがこの秋、その彼が、茸を食べて死んでしまったのである。猛毒のツキヨタケとヒラタケを間違えたという。ツキヨタケというのは、名前のとおり、夜、傘の裏の胞子のつく襞の部分がうっすらと青い光をおびて発光する。たいていは樹に群がり重なり合って生えるから、それが一斉に光ると、ぼんやりと樹の幹を浮き上がらせ、たくさん生えているると林全体が光るのだという。まるで月光を浴びた林のようで、それは見事なものだといい う。このツキヨタケは、樹の幹に生えるから、半円形（偏心生）、柄はほとんどなく形がちょうどヒラタケに似ている。若いときの椎茸に色もそっくりだという。

ヒラタケがツキヨタケと間違われるのは、ヒラタケの色が、生育の過程や、環境によってさまざまで、余計見分けがつきにくいためである。細かい種類に分ける人もいるが、傘の色は、黒っぽいものから、灰色、褐色、あるいは青みを帯びた褐色、といったふうに個体差がいろいろある。みんな食べられるヒラタケである。だから紫がかった褐色、または黄褐色のツキヨタケをこれらのヒラタケと混同しても不思議ではない。きわめて見分けがつきにくいのだ。

ともあれ、横たわった男の人を囲んで、親戚の者や縁のある者、官庁の仲間が集まってお悔やみを言った。

「今は長寿になったから、七十歳というのはまだ若いのに」

「茸には絶対に自信があると言っていたんだが」

と山の友人たちが言った。

親戚の者は日頃の性格をよく知っていたから、

「なんせ頑固だったからね。言い出したら聞かない」

「茸博士だと自分でも言っていたし、人の言うことには耳を貸さない性格だから、茸にあたって死ぬのは本望だろう」

「今回あたらなくても、おそかれ、はやかれ、茸にあたるのは時間の問題だったかもしれませんね」

そういった会話が続き、後は、歯止めが利かなくなり、悪口のオンパレードになった。若いころ、彼にはひどい目に遭ったとか、金を貸して返さなかったとか、果ては女問題まで暴露する人も出たという。そのたびにお悔やみの場は、盛り上がった。

「――そうか、だから彼は茸にあたったのだな。天罰だ」

誰かが悪口を言うたびに、みんながそれは茸の天罰だと言った。

ところが――、ところが、である。死んだはずの男が、なんと生き返ったのである。息もほとんどなく、まる一日も死んだように横たわっていたのにである。にもかかわらず、彼は目を覚ました。しかも、お悔やみに来たみんなの話や悪口を、ひとことも漏らさずに聞いていたというのだ。茸を食べて、まったく身体が動けない、虫の息だったのに、耳だけは、はっきり生きていたらしい。

驚いたのは、悪口を言った人たちだった。一度出した言葉は、もう取りかえしがつかない。悪口を言った人は、生き返った彼に合わす顔がなくなったのである。口はわざわいのもと。

それから後はどうなったか知らない。私も具体的には聞かなかった。

今は昔、昔は今、人のすることには、今も昔もあまり変わりはないのである。

14

大伴旅人と「鞆の浦」の、むろの樹

古代から現代まで、わけありの男たちが忍んだ隠れ里

十五年ぶりに田舎の秋祭りに帰郷した。

毎年十一月三日は、田舎の実家のすぐ上の神社の祭りだ。そのことは百も承知なのだが、毎年その日は、かつて内モンゴル・ホロンバイルにいた人たちが東京に集合する日で、全国からたくさんの人が集まってくるためなかなか帰省できない。今年こそはと思い切って帰ることにした。勝手知ったるお宮の拝殿で存分に太鼓を叩き、溜飲を下げた。三日間も叩いた。

今は空き家になっている実家に立ち寄り、近所の叔母の家にゆくと、客間に新しい額が

あり、墨痕も鮮やかに、流れるように美しいかな文字で歌が書かれてあった。

山河《やまかわ》を遠く来たりて海のある故郷なれば海をみにゆく

まるで私の心情を見通したような歌だった。誰の歌だったか。

行き、帰りで、山と海の狭間を走るローカル線全線を、時間をかけて走った。広島から呉、仁方、川尻、安浦、風早《かざはや》、秋津、竹原、忠海《ただのうみ》と、なつかしい名前が続いて三原が終点である。その先は山陽線に合流し尾道、福山と続く。すべて幼いときからのそれぞれに想い出のある町だ。恥を偲んで子供のように、四両編成の列車の最前列、運転手の横の窓に立ってずっと景色を眺めた。もちろん地元の人はそんなことはしない。すいているから立っている人なんかいないのである。

沈降海岸で山が海に落ち込んでいる。岬と入り江が代わり番こに続いている。その海と山の狭間を、列車は縫うように走る。海岸線に沿って走るからカーブが多い。岬があると列車は途中まで海岸線に沿って走り、突端まで行かないで、後はトンネルを掘って岬の反対側に出る。その短いトンネルも、ひとつとして真っ直ぐなものはない。たいていは岬から引き返す形で曲がっているから、呉から三原、尾道に向かうときはほとんどのトンネルは左カーブだ。曲がっているから短くてもトンネルに入ると突然に真っ暗になる。出口の穴はみえない。昔はトンネルに入って数秒後に、窓からどっと石炭を炊く臭いと、それを追いかけるように煤煙が入ってきたものだ。今は電化されている。

トンネルを出ると入り江である。列車の走る音が何となく和やかになってくる。たいていは、「何とか浦」という名前がついている。近代になり「浦」が発展して名前を変えたところもあるが、たいていは元の名前は浦だ。入り江の中に港がある。小さな漁港である。その港の奥に少しばかりの平地があり、黒い瓦屋根の家が軒をくっつけあうようにして群がって建っている。浦というのは入り江の奥の少しばかりの平地のあるところで、岬と崖の連続から開放される唯一の心の安らぐ地でもある。

尾道から福山に向かう。この海と山の境目を走る列車は、大昔からの瀬戸内海の内海航路に沿って走っていて、九州から大和へ向かう、あるいは反対に、近畿地方から中国、朝鮮への遣唐使、遣新羅使、そして近世においては、朝鮮通信使の通った内海路の一部である。島の入り江や浦が、航路の中継地となったところだ。

福山の南の岬に、「鞆の浦」がある。ここが瀬戸内海のちょうど中心で、西の関門海峡や豊後水道から入ってきた潮と、東の鳴門海峡、明石海峡から入ってきた潮とがここで交わる。潮の流れが替わるところだ。船は満ち潮に乗って、西と東から鞆まで来て、今度は引き潮を待って出発する。ゆえに古くから「潮待ちの港」であった。潮の流れが複雑。そのために多くの魚が集まり、鯛網に代表される漁業の盛んなところでもある。「鞆の浦」は古くからそういった海の交易で栄えた。

波のない入り江の奥に瓦葺きの民家が密集している。路地が狭い。車が通れないほどだ。だからいい。すべてが人間サイズ。蔵も格子戸の続くさまざまな店も、みんな小さい。その中に寺がたくさんある。観光の寺ではなく、いまも近所の人々が日常お参りをし、いろいろな集会所として使われている、つまり「生きている」「現役」の寺である。軒をならべる家々の格子戸の中も路地も、すべて町の人が行き交って、「よそ者」ではない「地《じ》の人間」が「生《なま》」の生活をしているのだ。路地の魚屋が道ゆく人に声をかける。干物屋も行き過ぎる人を呼び止めて世間話をする。みんな「向こう三軒両隣」なのである。方言丸出しの気が置けない庶民の町。

『万葉集』にこの鞆で詠まれた歌が八首あり、そのうちの三つが大伴旅人の歌であるという。

吾妹子《わぎもこ》がみし鞆の浦のむろの木は常世にあれど見し人ぞなき（巻三の四百四十六）
鞆の浦の礒のむろの木見むごとに相見し妹は忘らえめやも（巻三の四百四十七）
礒の上に根はふむろの木見し人をいづらと問わば語りつげむか（巻三の四百四十八）

大伴旅人は奈良の都から九州の太宰府に赴任し、そこで妻を亡くした。再び都に帰るとき、鞆の浦まで来て逗留し、昔ふたりで見たむろの樹を見て、「妻はいったいどこに行ったのか、誰か答えてくれ」と泣いているのである。長年連れ添った取り返しのつかない人を失った人間の悲しみは大きい。いつの時代も、人間の心や気持ちは変わらないのだと思う。どんなに文明が進んでも人の心は同じだ。目の前に広がる海と仙酔島、弁天島などの島々が見渡せる「対潮楼」という高台の屋敷の下に、その歌碑がある。

むろの樹は別名「ねず」ともいい、常緑高木で、大きくなると十数メートルにもなるという。日あたりのいい花崗岩の土壌に生え、葉はとげ状で枝をネズミの通る道に置いておくと、ネズミ除けになるらしい。根は燻すと蚊やり、実は漢方薬にするらしい。またその歌を読むと、死んだ人と心が通い合うことができるとも。霊木である。

花崗岩質の土壌というのはそのまま瀬戸内の土壌である。白い砂浜はすべて花崗岩の風化したもの。美しいが痩せている。子供のころは瀬戸の海はどこに行っても、白い砂浜と、塩田、それに幹が太くて曲がりくねった青い松があった。白砂青松《はくしゃせいしょう》である。「瀬戸内は絵のように美しい景色がゆえに貧しい」と、子供のころ母から教わった。地味が痩せて作物が実らないのだ。

植物図鑑を読んでいると、むろの樹は「痩せ地の指標植物」と書いてある。納得である。大伴旅人もそして亡くなった妻も、むろの樹だけでなくまわりの美しい山や海や島々の風景に、こころ打たれたのに違いない。

大伴旅人の万葉集の歌碑の傍にむろの樹が植えてある。高さが五メートルほどであろうか。それほど大きな樹ではない。もちろん旅人がみた巨木とは違う。

むろの樹は、山陽道に多く、普通あまり高くならないそうであるが、大きな樹はないかと尋ねると、鞆から西に尾道に寄ったところ、福山市金江町に、「金江の大ムロの樹」というのがあると教えてくれた。樹の幹は周囲四メートル以上、いつのころか雷が落ちて、全部枯れている。主幹は皮がすべて剥げていて、白い肌を見せているが、もう何年も立ったまま枝を広げている姿は神々しい。しかし、樹そのものは枯れていないと見えて、根もとから太い横枝が二本生えていて、その枝の太さは二メートル近くある。高さは八メートルになる。立派な樹である。旅人も、妻もこのような樹を鞆の浦で見たのであろう。

旅人の歌碑の上の丘に、「対潮楼」という楼閣があり、この座敷からの瀬戸のながめは格別である。目の前にすぐ仙酔島が見える。仙人が酔うほどの景色。その昔、朝鮮通信史・李邦彦が来て、ここの景色は天下第一「日東第一形勝」だといったという。

仙酔島には、天女伝説があり、昔、天女が舞い降りてきたという話。

地元の人たちの話によると、実はついこの間まで、本当の天女がこの小さな島に居たのだという。うわさ話を承知で披露すると、この島の上に、一軒だけ「錦水」という高級旅館があり、天皇陛下がいらっしゃったことも。桃の葉とビワの葉の蒸し風呂があり、お客はからだが火照るとすぐ目の前の砂浜に降りて、潮水で身体を冷ましたという。とても下々の者は泊まれないのだが、ここの女将がとても美人だった。物腰も穏やかでいかにも日本的な清楚な人。しかも未亡人だった。

この旅館にいつのころからか、東京のある百貨店やホテルを経営する大財閥の社長がときどきお忍びで来た。どこからか船に乗って直接島に上陸するから誰も気がつかないらしい。島の天女に会いに来るのである。

この未亡人は福山のカソリック系のお嬢様学校（今は共学）の出身で、未亡人のふたりの子供たちもそこを卒業したという。この話はそこの関係者から聞いた話だ。

人の運命は波のよう。浮かんだり沈んだり。その大財閥の社長がある日失脚。それと時を同じくして、島から天女もいなくなったという。旅館は人手に渡り、今は普通の旅館として経営しているらしい。その後のふたりの消息はまったく分からないという。

大財閥の社長も、そして未亡人もそれぞれすばらしい恋をし、また数奇な運命をたどったのであろうと思う。うらやましいような話だ。お忍びで来るのは、仙酔島だけではない。古い軒並みの連なる鞆の浦そのものも古来、お忍びの地であった。

これまた地元の人の自慢話によると、古くは平家の武将が隠れていたところ。また足利尊氏がここの村上水軍と手を組んで旗揚げし、鎌倉幕府を倒したとか、十五代将軍足利義昭が信長に京都を追われたあと、捲土重来を期して潜んでいたともいう。どうも「隠れ里」の話が多い。近くはリクルート事件の被告人とか、有名なホリエモン、さらには西武グループのオーナーも、ここに来て心の癒しをはかったという。

昨年ヒットしたアニメ映画『崖の上のポニョ』の宮崎駿監督も現世を逃れて、いやマスコミを避けて、ここで構想を練ったという。海のみえる高台の家を借りたらしい。ここは誰にも邪魔されずに長い間逗留できるのだ。それに何よりも、瀬戸の穏やかな海から波が、岩や、港の階段状の雁木に絶え間なく、そして静かに打ち寄せて、その繰り返す波の音が、人の心を穏やかにしてくれる。

そして今、町が盛り上がっているのは、今年（二〇一〇年）の大河ドラマ「坂本龍馬」

のロケ地となったからである。坂本は短い生涯のうちに四回、鞆の浦を訪れている。これは意外と知られていない。

なんで龍馬と鞆の浦が、と私も最初はそう思った。しかし、大きな事件がこの港の沖で起こっている。慶応三年（一九六七年）のわが国初の蒸気帆船同士の衝突事故である。長崎を出向した坂本龍馬の率いる海援隊の「伊呂波丸《いろは》」と、紀州藩の大型商船が衝突し、伊呂波丸は沈没。海援隊は全員やっと鞆の浦に上陸したが、その後の賠償交渉はもめにもめた。幕末の激動期に、やがて倒幕の先頭を切る外様の薩摩藩と、譜代、それも徳川御三家の紀州藩とを巻き込んでの一大事件になった。龍馬の潜んでいた部屋も、蔵を利用した博物館として展示されている。

鞆の浦は今、港を埋めての高架道路の計画があり、その保存運動でも、もめている。宮崎駿が保存派のリーダーになっている。これも市や県が、中央政庁まで巻き込んで大論争に。蔵の博物館の中でも反対運動の署名を求められた。古くから現代まで続く「時間の回廊」に立ったような気がした（鞆の浦の高架道路計画は、地元をはじめ、多くの人の反対運動のおかげで現在は中止になった）。

15

幸田露伴『五重塔』の十兵衛と倉吉

幸田文の娘の情操教育は成功したか

植物好きのガールフレンドから手紙が来て、中に数枚のコピーが入っていた。ガールフレンドといっても、私より一回り以上も年上で、今年八十四歳になる。昨年、大動脈瘤を手術したが、幸いたいした病気も併発せず、最近はお元気そうである。

コピーというのは、ガールフレンドの弟のお嫁さんの、そのまたお父さんが書いたという原稿であった。単純に考えても八十四歳の彼女の親の世代、歳は分からないが、逆算するとだいたい一九〇〇年前後の生まれということになる。明治三十三年である。

名前は斎藤荘一。何かの同人誌か、あるいは趣味の小冊子に投稿したものらしい。タイトルは「幸田露伴と十兵衛」であった。

いうまでもなく幸田露伴は、尾崎紅葉と並んで明治、大正の小説家。『金色夜叉』の紅葉に対して、『五重塔』は露伴の代表作である。日本語の表現が緻密かつ豊かで、写実主義といわれる紅葉の作風に対して、理想主義的な潔癖感をもって小説を書いたといわれている。慶應三年（一八六四年）、江戸は谷中の生まれ。

『五重塔』は、主人公の大工十兵衛が、なみなみならぬ執念を持って、塔を建てるまでの物語で、塔を建てるまでは先輩の棟梁を差し置いても、何がなんでも自分ひとりでやりたいという十兵衛の心意気を描いている。と、同時に、十兵衛の妻、先輩棟梁とその妻、弟子たち、さらには塔の発注主であるお寺の上人（住職）など、江戸時代を思わせるそれぞれの立場の巷の人間を生き生きと描写している。とりわけ、かたくななまでの十兵衛は、こうと思ったら絶対に妥協しない職人魂をもった男だ。

さて、同人誌に載せられた斎藤荘一さんの小文を読むと、何と斎藤さんは、世代的には一世代後だが、露伴の住んでいた同じ谷中に生まれ、五重の塔を見て育った。そのうえ、『五重塔』のモデルといわれる大工十兵衛こと石井倉吉を、自分は子供のころから知っているというのだ。当時はまだどの家も「出入り」の大工がいて、親やそのまた親の世代から自分の家の大工仕事はすべて見てもらっていた。大工の方もまた世代を超えて、お得意さんを引き継いで家族ぐるみの付き合いだった。斎藤家では、おじいさんが、その大工倉吉に茶室を造ってもらい、父親は家を建ててもらった。そして荘一さんは倉吉の息子菊に仕事を頼んだという。

そんなわけで、荘一さんが子供のころ、倉吉はよく荘一さんの家にぶらりと現われたらしい。そのころは、倉吉はかなりの歳だったが、雨の日などは仕事がないから昼間から来てしゃべり込み、一杯やり、夕食を食べ、夜遅くなっていい気持ちで帰って行った。ときには、自分が台所に立ってお得意の「蕎麦がき」をつくってみんなに振る舞ったこともあったという。

倉吉の話は、多岐にわたり、たいていは自分がやった仕事の周辺の話とか、ときには上野の山の狐や狸の話なども。いつぞやは狐に騙されて、家に帰り着かず、同じところをグルグル回ってやっと家に着いたときは夜が明けていたという話なども。同じ話を繰り返し話すこともあったらしい。一度聞いた話を、荘一の母が、黙って聞いていて、最後まで来たところで、先回りしてオチを話すと、倉吉は膝を叩いて悔しがったとも。人のいい、誠実で、かつ朴訥な人柄だった。だから誰からも愛され、仕事は途切れることはなかった。自分のした仕事が気に入らないと、一度つくったものを壊し、やり直したという。だからあまり儲からなかったことも確からしい。こういった点は、『五重塔』の十兵衛とは少し違う部分だ。職人肌は同じだが、世の中に角がたっても、いちずに仕事に走る十兵衛と、そのモデルになったとはいえ、温厚な人柄の倉吉はずいぶん違うのだと。

素朴だが、倉吉が大工として一流だったという証拠に、倉吉の話したことをまとめてみると、天王寺（小説では感応寺）の五重の塔を建てたのは、倉吉ではなく、先輩にあたる大工で、彼は建てる前に全国の五重の塔を回っていろいろと調べ、そのいいところを全部吸収して、塔を建てたのだという。「だから、取り柄のない平凡な塔になった」とも。また、今の大工は学校で大工仕事を習うから、職人が育たない。だから名人が生まれない。徒弟制度の中から一対一で、仕事も、人間教育も受ける。それが徒弟制度で職人の世界だと。同時に師匠を通して人の情けや世の中も学ぶんだと。

——まったく同じような話を、私は桜守の佐野藤右衛門さんから聞いた。桜守になってから三代目、仁和寺の庭仕事などをやりだしてから十六代目になる。彼の佐野農園には、たくさんの徒弟人がいて庭仕事、植木の剪定など、何年も働いて修行している。兄弟子から弟弟子に次々に技術を教えている。ところが、昨今の京都市の街路樹の剪定に応募しようとすると、国家試験を受けて、資格を持っていないと、街路樹の剪定の仕事への応募を出せないというのだ。そんなバカなことはないと藤右衛門さんはいう。うちの庭師ぐらい厳しい修行をした者はいない。木の種類によって剪定の仕方は違うし、さまざまに庭師としての修行も積んでいる。だからペーパー試験だけ受かって、実際の植木のことは何も知らない素人が、仕事ができて、うちのような職人に仕事が受けられないというのは、世の中のシステムがまちがっていると——。

まったくそのとおりである。どんな職種においても、ペーパー試験だけ、アチーブメントのテストができる人間だけが、尊重されるというのはまちがっていよう。記憶力だけのテストでは、人間性は少しも分からないのだ。職人の世界においては、師や兄弟子が、人間同士ぶつかり合って新米を教育しているのである。

今時の大工はだめだと倉吉はいう。たとえば、家を建て、柱を立てる場合、柱にフシがあると見栄えが悪いといって、何でもかんでもフシの方を外側に向けたり、壁側にして隠してしまう。それがいけない。木が本来、山にあったときに立っていた向きをそのまま守って立ててやらなければ。木は切られて柱になっても南を向いていた方は南向きに、北を向いた側は北に向けてやらないとだめだ――。木は切られても生きているからね。呼吸をしているからね。みんなそうしてやると、家中の柱が生きているから、何年たっても家が狂わないんだ。

倉吉は、単なる大工ではなかった。自分の仕事の周辺の知識も、たくさん持っていたのである。

「山から木を切ってきて、しばらく放っておくとひび割れがする。すると大工は使い物にならないんでさあ。それを防ぐためには水に浮かべる。しかし、ただの水じゃあだめなんです。適当に塩分を含んだ水に浮かばせて置くと、ちょうどいい具合に木が引き締まってくれるんですよ。深川あたりが一番いい。塩の具合が。徳川さん（江戸時代）の初めのころは浅草あたりだったらしい。埋め立ててだんだんと海が遠くなっていますからね」

「ほう、昔は浅草あたりに木場があったんですか」と荘一の母が感心すると、倉吉はま

すます得意になって、

「これがあんまり塩分が強すぎてもだめなんです。ときどき梅雨時に天井板が濡れているのを見たことはありませんか。塩分が強すぎて、今度は塩が空気中の水分を吸収して板が汗をかくんでさあ」

倉吉の話は少しも厭味がない。人柄や朴訥な話し方にもよるのだろう。

「昔から木六、竹八と言ってね、木にも切り時というのがあるんですよ。〈切り旬〉といいましてね。木は六月に切るのが、竹は八月に切るのがいいんでさ。このときに切った材木はいちばんいい。虫がつかない。八月に切ったら、木の皮のすぐ下にある木層に水気と栄養素がたくさんあって、特に数寄屋造りの皮つきの材に使うときなんざあ、組んだあとに虫だらけになる」

倉吉はなんでもよく知っていた。荘一の父がいないときは、ひとりで酒を飲み、母がその都度、お酌をしながら倉吉の話を聞いてやるのである。

「山に木を切ったあと、植林をするでしょ。しかしどこに植えてもいいってもんじゃない。〈尾松、谷杉、沿檜〉と昔から言うでしょ。陽のあたる尾根の乾いたところに松は育つし、反対に杉は湿った谷の方がいいんです。半分日陰でも。その中間の山肌のところが檜の居場所なんです」

倉吉の話は、エンドレスだった。木のことならなんでも知っていたという。

その倉吉も、大正元年に死んだ。

「そのとき息子の菊之助が、私の家に飛んできて、親父が死にかけています。奥様と坊ちゃんに会いたがっています。ぜひ来ていただけませんか」と言った。

荘一は、母に連れられて倉吉の家に急いだ。「母は心の優しい女で、倉吉の足をぬるま湯で洗ってやった」。倉吉は涙を流した。「奥様にそんなことをしていただいて、申し訳ありません。倉吉は本当に幸せです」と言って死んだ。穏やかな笑顔だった。荘一は、その後、さまざまな人の死を見てきたが、倉吉ほど安らかな顔をして死んだ男は見たことがない。

倉吉は、名人肌の大工ではあったが、後世に名を残すような人物ではない。しかし、露伴に会って、『五重塔』のモデルになり、後世に名を残すことになったのである。考えてみれば、このような職人が、江戸の町中にいたのかもしれない。明治になってもだ。ただ一筋に仕事をし、自分の気に入るまで徹底的にやる。そういった職人気質の人が大勢いたのだ。倉吉のような正直者と、そして町にはそれを支える人々の人情があった。

入谷の自宅で、朝な夕なに天王寺の五重の塔を見ていた幸田露伴が、あるとき用事があって知人の紹介で近所の大工を呼んだ。そのときやって来たのが倉吉だった。露伴は、身なりのあまりよくない老大工を見て、大丈夫かと心配した。動作もゆっくりしている。持っていた大工道具も使い込んで古びていた。ところがその大工道具を露伴は手にとってみて、驚いた。それは古びてこそいるが、当代名匠のつくった道具だった。露伴は次々いろんな道具を手にとってみた。するとどれも一流の道具であることが分かった。そこで露伴は、この大工はただ者ではないぞと思ったという。仕事を始めると実にうまくて、そのうえ仕事に正直であった。露伴はいっぺんにこの大工が好きになった。

露伴は、倉吉からさまざまな大工仕事を教わった。建物の構造から、木の使い方、そして五重の塔の建て方まで。そうした知識が小説『五重塔』にはふんだんに出てくる。

たとえば、小説の方の主人公十兵衛の先輩格にあたる棟梁が、十兵衛に自分の持っている仕事上の人間関係や、あるいは五重の塔の設計や作業に関する図面や知識を提供するところなど、かなり詳しい大工仕事が披露されている。

「木材（きしな）の委細あたりを調べたもの、人足、軽子の入り目の積り書き、あるいは各種下絵図、腰屋根の地割り、初重の仕形（しかた）や、斗供（ときょう）の組物の図面。また雲形、波形、唐草、生類の彫物（ほりもの）を描いたもの。そして、一番大変なのは、真柱（しんばしら）周辺の内法長押（うちのりなげし）、腰長押、垂木、貫（ぬき）角木の割合算法——」などなど。また、そのほかにも、五重の塔を造るには大工仕事ばかりではない。「木材の引き合い、鳶人足（とび）への渡り、といったさまざまな業者への交渉には、大工のこれまでの実績がなくてはならない。それには、ワシ（先輩格の棟梁のこと）の『顔』を使え。また塔を建てるには、なんといっても地行（ちぎょう）が大切。地固めには、め組の頭（かしら）を紹介しよう」などと、延々と何回も五重の塔の建設において、専門的な大工仕事が出てくる。幸田露伴もこうした大工仕事をすべて勉強したのだろう。しかもこの小説を書いたとき、露伴はわずか二十五歳だったという。

くだんの斎藤荘一さんは言う。幸田露伴は、学校の勉強だけでなく、身の周りにあるあらゆるものに感心があり、かつその知識を持っていたと。だから、薄汚いみなりの大工倉吉にあったとき、その大工道具の銘を見て、この大工は本物だと見破ったのであると。そして、幸田露伴だけでなく、江戸から続いた町の文化は、こうした身の周りのあらゆるものに感心をもち、知識を持っていた人間が多かったのだと。

確かに幸田露伴は、身の周りのさまざまなものに詳しく精通していた。そのひとつが木であり、花であり、植物であった。娘の幸田文によると露伴のさまざまな教養の厚さが伺える。

娘の幸田文《あや》は、自分が草花に心を寄せるようになったのは、三つの理由があったという。ひとつは草木の多いまわりの環境、ふたつ目は親の教育、三つ目は、植物にとりわけ詳しい姉に対する嫉妬心だったという。いずれにも父露伴が関係している。幸田家では姉弟三人に、蜜柑、柿、桜と椿の四本の木が、ひとり一本ずつ与えられていた。実のなる木と、花の咲く木、それぞれが自分の木の手入れをして、花を咲かせ、実った実も自分で自由にしていいことになっていた。害虫も自分でとった。肥料だけは植木屋さんに頼んだが、その都度、植木屋さんに頭を下げてお礼を言うことを教えられたという。

そういうわけで、彼女は「日々の暮らしに折り込まれて、見聞する草木のことで、気持ちが潤う」ようになり、「今朝、道の途中で柘榴の花に逢ったとか、今年は嵐に揉まれたから、公孫樹（いちょう）がきれいに染まらなかったとか、そういう些細な、見たり聞いたりに感情がうごき、時によると二日も三日も尾をひいて感情の余韻が残る――」ようになったらしい。

もうひとつ、幸田露伴の娘への情操教育を紹介すると――。

文は成人し、一度結婚して娘を連れて出戻ってきた。露伴にとって孫娘は、かわいかったに違いない。あるとき、がま口を娘、文に渡して、縁日で植木市をやっているから孫娘を連れて、ほしいものを買ってやるように言う。文は縁日に行くが、植木市で娘は、市の中では一番立派な、しかも一番高い大きな藤の木の鉢植えがほしいという。人の背丈ほどもある藤の古木で、花房がたくさんつき、今まさに咲こうとしていた。あまりにも大きくてしかも値段も高い。母は娘をさとして別のものをすすめ、結局、娘は、小さな山椒の鉢を買う。もちろん藤に比べれば格安であった。

その話を聞いて露伴は怒った。〈孫娘がたくさんある植木市の中で、藤の花を選んだのは間違っていない。子供心に花を見るたしかな目を持っていたからだと。お前は、子供のせっかくの選択を無にしたと。値段が高いとか安いというのは何を物差しにして価値を決めているのか。多少値が張る買い物でも、その藤を、子供の心の養いにしてやろうとなぜ思わないのか。気に入った藤を自ら選び、自ら水をやって花を咲かせる——それをきっかけにして、花をいとおしむことを学べば、それはこの子にとって一生の心の潤い、女一代の目のたのしみにもなろう。子供はやがて藤から蔦へ、蔦からもみじへ、松へ、杉へと関心の芽を伸ばしたかもしれないと。そうなればその子が生涯の財産を持ったも同じことだ——と。

やがて文の娘は大きくなり、花を見ても、きれいだというだけ、木を見ても大きな木ねというだけ、植物にはそれ以上心が動かないようになった、らしい。犬が踏んづけた花を見ても起こしてやる気配もない。文は、あのときの藤で、娘が、植物を愛する心を持つチャンスを失った、と後悔するのである。

本書の「まえがき」で、私は、一度名前を知り、知り合いになった花は、生涯どこで会っても、「知り合いに会った」と感じて嬉しくなる、という話を書いたが、ここでいいたいことはそれとよく似ている。

とにかく幸田露伴は、小説を書くだけでなく、大変な博識だった。身の周りのことから、古典まで何でも知っていたのである。斎藤荘一さんによると、作家の田村俊子がまだ若いとき、夫君の田村松魚と露伴の関係から、俊子が小説家を目指して露伴に弟子入りをした。すると露伴は、俊子にまず『伊勢物語』を読ませ、さらに『枕草子』、『源氏物語』の講義をはじめたので、俊子は舌を巻いて逃げ帰ったという。作家になるためにはそうした古典の素養がないとだめだと、古典には日本人の心が宿っていると、露伴は思っていたのである。露伴にしても、大工の十兵衛こと石井倉吉にしても、それぞれ専門以外にも幅広い知識と教養を持っていた。江戸時代の社会はそうした総合力を庶民の間にも根付かせ、またそれぞれの分野で職人が、高度な技と教養、その結果、お金では買えない高い道徳律と誇りを持っていたのである。斎藤荘一さんの短文は、また、さまざまなことを教えてくれる。

16

人は何によって生かされているか

サギソウの保存運動五十年から得たもの

私の属している植物同好会のこと。日頃は月に一度、野外でハイキングをしながらの勉強会であるのに、年に一度の室内会というのが毎年正月明けにあって、会のいろいろな決まり事や報告のほかに、会員の研究発表がある。その年（二〇〇八年）は、とくに牧野富太郎に縁のあった「古い」人たちがいろいろな思い出話をされた。

中でも埼玉県の木村なおさん、八十二歳の方の講演はわずか十五分ほどであったが、印象的な話であった。昔は同好会でご活躍だったらしいが、近年はご高齢でめったに会にはおいでにならないらしい。しかしその年の正月は記念大会で、杖をついてゆっくり歩きながら遠くから時間をかけて歩いてきたという。壇上に上るのもやっと、という感じだった。何年ぶりかで出席だとのこと。

「今年で牧野富太郎先生が亡くなられて五十一年目になります」

そう彼女は切り出して、自分のこの会に対する感謝と、関わりから話しはじめた。

「牧野植物同好会に入ってもう長いのですが、単なる主婦であった私が、サギソウにめざめ、牧野、笠原先生の指導を得ながら少しずつ勉強し、自分の本まで出せるようになったことはこの会のおかげです」

後で仲間の方から聞くと、NHKの「趣味の園芸」でサギソウを取り上げるときは必ずこの木村なおさんが解説をされるほどの専門家になられたのだという。

「最初のころ、私はまったく何も知らなかったものですから、植物学のイロハから教わったんです。たとえば、サギソウは球根からランナーが出て、たくさんの新しい小さな球根を作っていきますよね。その球根から出た芽は、親とまったく同じ遺伝子を持っているから、親とまったく同じ花が咲くんです。栄養繁殖。ところが交配によって種を結んで、その種から出た子供のサギソウは、ふたりの親から生まれた子供ですから、ふたりの違った遺伝子を受け継いでいる。自生地でサギソウを見ると親と同じ花をつけたものと、そうでないものとがある。同じように見えてもほんのわずか親とは〈顔〉が違うんです」

なるほど、と素人の私は頷く。実は私も、もう何年もサギソウを咲かせているのだが、株によって白い花の〈顔〉が違うことまでは、気がつかなかった。

木村さんの話は続く。

「私は、何十年も全国のサギソウの自生地を探して歩き、そのたびに近くの人たちに自生地の保護、湿原の保存を訴えてきました。自生のサギソウが絶滅しないように、大切にしましょうと——。湿原にごみを捨てないとか、水の供給が止まらないように、あるときは宅地化を防ぐとか——。

私、今、八十二歳になって、しかも昨年転んで大腿骨を折ったので、今は杖をついてよろよろしている次第です。最近はとても遠くにはいけません。毎日の生活もやっとしているという感じ。しかし、今、この歳になってしかも身体が不自由になって気がついたのですが、今、私を生かしている、毎日の生活を精神的に支えているのは、実はサギソウなんですよ。サギソウのことを考えていると夢がある、つまりサギソウを観察したり、世話をすることによって、私は救われているんです。昔、サギソウの保護を訴えて来た人間が、今は、サギソウに支えられて、生きているんです」

確かに花や草や木が好きな人間は、そういったところがある。花や木や草の生育を観察したり、あるいはまた書物を調べたりすることによって、自分が支えられているのだ。けだし名言である。そうか、この同好会は大学や科学博物館のようなところに勤務している植物専門の先生もいるが、普通の人でも長年植物とともに生きてきて、植物や花に接することにより、単に名前や生態に詳しくなるだけでなく、人間としても植物から何かをもらって、悟りを開いたり、また生きる力をもらっている「人生の達人」も、多くいるのだなと私は思った。

「まえがき」にも書いた「知り合いの花を増やすことによって、めぐり逢いが多くなり、それが人生を豊かにする」といった薬袋みゆきさんの言葉も、さりげなく出てきた一言ではあったが、長年生きてきた人生からこぼれ出た至言のような言葉だ。確かにそういう経験は、彼女たちより若い我々も、日頃感じてはいるのだが、なかなかその恩恵に気がつかない。ましてや言葉には表現できないのだ。

17

北向き観音と愛染かつら

信州、別所温泉にある桂の大樹と碑林

もう二十年も前のこと、世田谷区上野毛《かみのげ》の老園芸家のところにお話を伺いに行ったら、黒い瓦屋根の古い家の前庭に、桂の樹が一本あった。高さは十メートル以上はあろうか。立派な樹である。

「この桂はこの家を建て、私たちが結婚した六十年前に植えたもの。桂がこのような大きな木になるのは珍しいんです」と自慢された。幹の太さがすでに五十センチくらいになっていた。おふたりの人生とともに歩んできた樹である。

去年、信州上田の近くの別所温泉に行く機会があって、久しぶりに北向き観音にお参り

をした。木曽の義仲が愛娼をつれて来たともいう別所温泉は、古くからの温泉宿で、江戸時代にはすでにたくさんの宿が、甍をならべていたという。

その街の真ん中にあるのが北向き観音である。鬱蒼とした山を背にして北向きに建っているから、その名前が付いた。地形的なものからだと思うが、一説には長野の善光寺に対面して建てたから、北向きになったとも。

その北向き観音の境内に、一本の大きな桂の樹があって、これが幹まわり六メートルはある巨樹である。年輪を重ねたごつごつした木肌で、まるで塔のようにそびえている御神木のような風体。これには見る者すべてが圧倒されてしまう。川口松太郎の小説で、戦前から戦後まで何回か映画化され大ヒットした『愛染かつら』は、この樹のことだと言われている。

この観音さまは、古くから信仰を集め、多くの人々の願いを聞いてきた。桂の樹の近くに並んで建てられた、さまざまな時代の歌碑、句碑がそれを物語っている。高さも大きさも不揃いである。

観音のいらか見やりつ花の雪

芭蕉である。

明治になり、上田からこの温泉のために鉄道が敷設され、また多くの湯治客がやってきた。

山かげに松の花粉ぞこぼれけるここに古りにしみ仏の像

赤彦である。白秋も来たらしい。

観音のこの大前《おおまえ》に俸《たてまつ》る絵馬は信濃の春風の駒

いかにも白秋らしい目に見えるような言葉が並んでいる。

年号は失念したが、新派女形の俳優、花柳章太郎もここで公演をしたことがあると立て札があった。そばに立派な石碑があり、

北向きにかんのんおわす志ぐれかな

とあった。「婦系図」のお蔦や、「滝の白糸」などで天下の名優といわれた章太郎も、観音さまにすがるところがあったに違いない。

別所温泉には、他にも古いお寺や神社があって、重文、国宝がたくさんある。なかでも北の山裾の安楽寺にある八角の三重の塔は白眉である。創建は鎌倉時代というからかなり古い。開山が入宋僧、二世が中国から来た帰化僧という。建築様式は禅宗様で、屋根の曲線が優美だ。一階部分に大きな裳層《もこし》がついているので一見四重にも見える。樹海の中の急な坂道を登っていき、仰ぎ見ると、反り返った屋根、軒下の無数の細い肘木が、八方に広がって美しい。この世のものとは思えないほどだ。

老いの眼に観る日のありぬ別所なる唐風八角三重の塔

窪田空穂がこう詠んだ。脱帽である。

さて北向き観音は、実は常楽寺の境内にあり、その前にあるのが桂の巨樹である。小さな広場を挟んで愛染明王を祭った愛染堂がある。大ヒットした映画『愛染かつら』は、主演が田中絹代と上原謙、さらに佐分利信と、ちょい役で小暮実千代も出演している。

今でいうとメロドラマだが、当時としてはリアルな恋愛ドラマであった。多くの女性がヒロインの訳ありの看護婦に思いを託した。今でこそ、できちゃった婚などといって、自由恋愛が当たり前のような時代だが、当時は、子持ちの女性が、勤務先の病院の御曹司と結婚するというのは大変なことであった。第一「身分」が違う。

このドラマは、看護婦がヒロインになるという点においても画期的であり、また戦後大ヒットする『君の名は』に先駆けて、元祖「すれ違い」と言ってもいい話の大きな山場がある。

――巨大な桂の樹の下で、永遠の愛を誓い合ったふたりだが、周囲の反対に耐えかねて、列車で京都に駆け落ちしようとする。その約束の列車に、ヒロインが遅れるのである。子供が急に熱を出したのだ。今だったらすぐに携帯電話で知らせるところだが、戦前はそうはいかない。約束の時間に来ないヒロインを、主人公は誤解したまま旅立ち、失意の生活を京都で送る——。

一方『君の名は』でのすれ違いは、ご存じ有楽町の数寄屋橋である。ずいぶん離れた田舎暮らしだったにもかかわらず、私が幼稚園児のとき、そのために東京に来たのではなかったが、母親に数寄屋橋まで連れて行かれ、ビルの谷間の堀のような川にかかった橋の上で、「これが数寄屋橋だからね」「よーく覚えておくように」と、繰り返し念を押されたのを覚えている。幼稚園児の私に、春樹と真知子の出逢った数寄屋橋を見せても仕方がないと思うのだが、母親自身が自分に言い聞かせたのに違いない。私も子供心に、当時は一家全員でラジオの『君の名は』を聞いていたのを覚えている。どの家もそうだった。

また、すれ違いで思い出すのは、一九五七年のアメリカ映画『めぐり逢い』である。ケーリー・グラントとデボラ・カーが主演で、このときは、約束の日に女性が現われないのはエンパイヤー・テスート・ビルの屋上。ヒロインはその日交通事故に遭い、行けなくなってしまった。調べてみるとこれも戦前、しかも一九三九年制作のオリジナル映画がある。そのときはシャルル・ボワイエとアイリーン・ダンが主演という。また一九九四年にはウォーレン・ベイティとアネット・ベニングが主演でリメイクされている。『愛染かつら』も負けてはいない。一九四八年（昭和二十三年）に『新愛染かつら』が。一九五四年は京マチ子、鶴田浩二でリメイク。一九六二年には岡田茉莉子と吉田輝雄が主演で、ほかに笠智衆、沢村貞子、佐野周二といったなつかしい名前も並んでいる。

映画『愛染かつら』は、最初から主題曲の「旅の夜風」もヒットした。西条八十作詞、万城目正の作曲。

今からいうと時代がかった歌謡曲だが、内容とはかけ離れた軽快な明るいテンポ、調子のよさ、そして巧みな歌詞で一世を風靡した。霧島昇とミス・コロンビアが歌った。歌は日本中を駆けめぐり、戦後も長い間、NHKの「のど自慢」で最も愛唱され続けた歌として記録されている。

花も嵐も踏み越えて／行くが男の生きる道／泣いてくれるなほろほろ鳥よ／月の比叡を独り行く

愛の山河雲幾重／心ごころは隔てても／待てば来る来る愛染かつら／やがて芽を吹く
春が来る／

一番と四番の歌詞である。西条八十作詞のこの歌は、小さな子供までが意味も分からないで唄った。子供同士喧嘩して相手が泣いたりすると、「～泣いてくれるなほろほろ鳥よ～」とからかった。私は長い間「つ～きのヒエイヲ～独り行く」という意味が分からなかった。月と、比叡山のヒエイだというのを知ったのはずいぶん後であった。もちろん私のまわりにも、そしておそらく多くの国民も知らなかったと思うが、桂の樹は丸い半透明に近い「ハート型」をした葉をつける「品のいい」樹だと認識したのも大人になってから、それも三十歳を過ぎてからである。

「愛染かつら」については、全国にある愛染明王を祭るお寺に桂の樹を植えれば「愛染かつら」となり、いくつかの寺で愛染かつらはこの寺が発祥だと、あるいはゆかりの寺だということになっているらしい。別所温泉の北向き観音（常楽寺）のほかに、東京の台東区谷中の自性院の愛染堂。今は桂の樹はない。また大阪の四天王寺。ここはかつて四つの目的別のお寺があって、そのうちの施薬院（薬草を植え、病人に薬を施すところ）がもといわれている今の勝鬘院《しょうまんいん》に、愛染明王が祭られてあって、しかもこの近くに川口松太郎が住んでいたこともあるという。

愛染明王は密教のひとつの憤怒神で、愛の情念や欲望を現わしている。人間の情念である愛、その愛に執着し、それに囚われる姿でもある。紅い顔と身体まで赤くして激情に身を焦がしている。髪は逆立ち（これを怒髪という）、燃えるような目も三つある。手は六本。それぞれ蓮の花や五鈷杵、五鈷鈴などのほかに弓と矢を持っている。

これはちょうど西洋のギリシャ神話やローマ伝説の中に出てくるキューピッドに似ているところから、愛を成就させる神とも言われている。いずれにしても一度嵌《は》まったらなかなか抜けられない愛憎の世界、それは人間の業とも言えるものだが、そういった押さえきれない情念を持つ人が、この愛染明王に祈ることによって、愛の成就へと導いてもらったり、またそうした情念を断ち切って悟りの世界に導いてもらうのである。

情念という意味も、携帯電話ですぐに約束して出会ったり、また簡単に別れたりする現在の新人類にはまったく理解のできない遠い昔の世界かもしれない。だから彼らには「め・ぐ・り・逢い」という言葉の重みも感じられないし、踏み越える花も嵐もない。何ごとも待たないですぐに別の男や女に走るから、「愛の山河」は、「雲のように幾重にも」重ならないのである。

18

人間の夢のユートピア

富と権力を手に入れた者が最後につくる庭園

「三億円の宝くじに当たったら何をしますか」。そういった質問はよくある話だが、人間、この世の中で最高の富と、さらにその何倍にも値する絶対の権力を得たとしたら、一体何をするだろうか。ありあまる金を何に使うか。権力を行使して、多くの人間を自由に動員できたらどうするか。人間が考えた最高の夢とは何か――。

そうしたことに最初に思いあたったのは、一九八四年、中国の承徳に行ったときだった。北京から二百五十キロ余、河北省だが、万里の長城より北にあり、満洲国時代は雍正帝時代の呼称である「熱河《ねっか》」と言われていた。今ではもうよく知られているが、当時はまだポピュラーな観光地ではなかった。北京に滞在している日本人の友人と一緒に行った旅で、私は何の予備知識もないまま――、まさに「連れ出された旅」であった。

予備知識がないから、初めて見たこと、出会ったことに感動が大きかったのかも知れない。まだ、中国の国内旅行、まして外国人が個人的に旅行するということがきわめて不便なときであった。友人は一週間前にわざわざ北京駅まで行って書類を提出し、切符を予約し、さらに前日に切符を取りに行った。私も同行したが、友人は「北京で何をしている？」「日本では何をしていたか？」など根掘り葉掘り個人的な情報を聞かれ、しかも散々恩に着せられた後、最後にやっと切符を投げて寄こしたのを覚えている。

まあそれはともかく、承徳の「避暑山荘」まで、鈍行に乗って五時間以上かかった。

「ヒショサンソウ？」と、私は訝《いぶか》った。まさしく読んで字のとおり避暑山荘なのだが、最初聞いたときは何だ、と思った。避暑のための山荘なら、どこにもある。陳腐な一般名詞だと誰だって思う。ところが、これは歴《れっき》とした固有名詞なのである。北京の紫禁城にいる皇帝が、毎年夏になると城を出て、高原の熱河にある「避暑山荘」に出かけたのだ。単なる避暑のための山荘ではない。一年のうち半年、ここで公務を行ない、要人の接待やもちろん側室も大勢、そして百七十万坪というとてつもなく大きな庭園を持っているのである。避暑山荘の面積のその大部分はこの大庭園である。

万里の長城と同じような城壁で囲まれたこの山荘は、周囲十キロある（現地ガイドによると東京の山手線の内側ぐらいある——と言ったが、調べてみると山手線は周囲三十四・五キロもある。ちなみにジョギングで人気の皇居は、四・九五キロメートル）。

しかし、北京の紫禁城と違い、質実剛健をモットーに、いくつかの宮殿はすべて小振りで、しかも楠でつくられ、派手な装飾はなく黒ずんで質素である。「四知書屋」という図書館もある。

私が最も驚いたのは庭園地域で、広い庭園のあちこちに百余りの休憩所や、東屋《あずまや》があり、しかも山あり谷あり広々とした草原も、そしていくつかの湖はすべて中国内に実際にあるものを再現したのだという。山岳地帯、モンゴル草原、江南の水郷地帯など居ながらに中国全土がこの中で楽しめる。ミニチュアではない。湖の傍には現実の煙雨楼、金山亭など、また杭州の西湖の白堤を模した風景も再現されている。湖の周囲には柳が植えてあり、まるで本当の西湖を散歩しているようである。

避暑山荘は、現在は世界遺産の文化財に登録され、手入れがかなりされているようだが、当時はまだまだ、長い間ほったらかしの状態で、荒れ果てて茅の原も多かった。それがまた私には「自然」でよかった。樹木の少ない中国で、ここだけは松の樹がたくさんあり、日本の風景に似ていると思ったものだ。

城壁で囲まれた北の外れまで登って行くと、北には大きな谷が横たわり、その谷が再び北に向かって斜面をなし、立ち上がっていた。そしてその斜面にはこちらを向いて、大きなラマ廟が点々と建っていた。全部で八つあり「外八廟」という。チベット仏教を信じる北の遊牧民族のためにつくった廟だという。チベットのポタラ宮のような壁を持つ普陀宗乗《ふだそうじょう》の廟や、須弥福寿《しゅみふくじゅ》の廟、あるいは中国式の屋根をもった普寧寺《ふねいじ》など、大きなお寺がそれぞれ独立して、すべて南面して建っている姿は雄大。モンゴル・チベット様式の寺々がなんともエキゾチックな雰囲気である。かつてはここまで、モンゴル人の勢力が南下していたということだろう。「山岳地帯」を下り、今度は東に行くと、広い草原になり、羊が放牧してあり、ゲル（包）が遠くに見える。まるで遊牧地帯にいるようだ。

ここでは北から南まで、一日にして中国中を旅することができるのである。

この避暑山荘は清朝の康熙帝、雍正帝、乾隆帝の三代にわたってつくられた。当時としては、人間の英知を集めてつくったのであろう。皇帝はいながらにして、いくつもの湖のある江南の水郷地帯の雰囲気も味わえるし、次の日は山や野や、草原に遊ぶことができる。また北の「長城」からは、モンゴル人のための廟が遠く点々と建ち並ぶのも見渡すことができる。庭内のその数、何十ともいえる東屋からは、それぞれ違った風景が目の前に広がる。朝日が昇り、夕日が沈むのも、毎日場所を変えて眺めることができるのだ。

人間の夢を、清朝の最も栄華を極めた康熙帝が考えたのであろうか。とにかく壮大な「夢の大庭園」である。

そうか、康熙帝のあらゆる夢をこの「避暑山荘」に託したのかと私は思った。もちろん私も、自然が好きで山や谷、草原もそして水郷地帯も嫌いではない。しかし、自分の家の庭に、それらすべてを持ってこようという発想はついぞ考えたことはなかった。後で述べる江戸時代の武家屋敷の庭も、自分の領地を庭の中に再現した。あるいは庭の山や池を、現実の山や湖にたとえたという。

「人間の夢」ということで思い出したのは、それよりずっと前、一九六五年のことであるが、大学二年の夏に、アメリカ大陸を貧乏旅行するチャンスがあり、帰りにロサンゼルスのディズニーランドに行った（よくそんな金があったのかと今にして思うが、誰か在米の日系人が入場料を出してくれたのかもしれない）。

初めて見るディズニーランドは、まるで別世界に踏み込んだようで、お上りさんには、どこをどう回ったのかよく分からない。それでも感覚的に覚えているのは、今考えると、「イッツア・スモールランド」だった。これは楽しかった。大げさに言うと、「たのしい」とはこうしたものをいうのか、「底抜けに明るい」。あるいは「たのしい」という言葉を教えてもらったような気がする。アメリカ人の夢はすごい、と思った。今と違って、当時の日本の社会とのギャップが大きかった。軽いカルチャー・ショックであった。確かに、戦後、いくつかのディズニー映画が来るたびに、田舎の小学校から先生に引率され、行列をなして、繁華街の映画館まで見に行ったものだ。『白雪姫』、『ダンボ』、『ミッキーマウス』、『宝島』もそうだったか、みんなおとぎの「夢の国」だった。一九六五年の日本は、ちょうど大学における学生運動がピークに達する直前で、不穏な空気がただよっていた。しかし、前年には東京オリンピックが開催され、新幹線が初めて開通して、どうにか日本が国際舞台に登場し始めたときであった。私はディズニーランドの何たるかも知らなかった。ディズニーランドは、ある意味で人間の、夢を、楽園を「創造」したものだった。言うまでもなくその後、世界中の子供たちを引きつけた。アニメ映画で、世界を席巻したウォルト・ディズニーが、自分の長い間の夢を具現化したものだった。

就職してからパリへ行った。パリをマスターしようと思った。当時、流行の女性雑誌を担当していて、毎年パリの特集がヒットしていた。パリを知らないで、担当できるかと思ったからである。十日間、ひとりでパリをまわったが、途中、列車に乗って郊外のヴェルサイユ宮殿に行った。

いうまでもなく太陽王ルイ十四世がつくったもので、もともと沼地だったところを埋め立て、森を移動し、セーヌ河の水を引いて十五メートルもかさ上げし、あちこちに噴水をつくった。

豪華な宮殿はともかく、私が感心したのは、宮殿から少し離れたところにあるプチ・トリアノンである。もとはルイ十五世がお妃のためにつくったらしいが、もっぱらマリー・アントワネットがお気に入りで利用したことで知られている。つまり、田舎の、村の再現である。ヴェルサイユ宮殿のような、大理石の超豪華な造りと装飾、庭の長大なグランカナルやマロニエの並木の庭園などという立派な庭園とは異なり、小さな湖のほとりに茅葺きの農家を何軒も建て、また畑までつくって農村を再現したプチ・トリアノンは対照的だ。つまり「自然に帰る」ことを望んだのである。

当然のことである。私はほっとした。フランス人もやはり我々と同じだったと思ったのである。

少《わか》きより俗韻に適するなく
性もと丘山を愛す——
曖曖《あいあい》たり遠人の村
依依《いい》たり墟里の煙

陶淵明の「園田の居に帰る」である。あるいはまた

帰りなんいざ田園まさに蕪《あ》れなんとすなんぞ帰らざる

である。派手好きのマリー・アントワネットも園田の居に帰りたかったのであろう。これもまたメルヘンの世界であり、人間のひとつの夢だった。

「これはディズニーランドだ」と思ったのは、上海の近郊にある「朱家角」に行ったときだった。

その後、「周庄」にも行ったが、ちょうど中国人も次第に観光をするようになり、中国人の観光客もたくさん来ていた。それまでは中国国内の観光客といえば、日本人と西欧人、それから台湾人、それから遅れて韓国人が行くようになったが、中国人が国内旅行をするようになり、大勢の人が行くことによって、観光地がより開発、整備され始めた。またそれまでは中国国内でも「外国人立入禁止」地域が多かったのである。

「周庄」や「朱家角」は江南六鎮とよばれ、いずれも上海を中心にした近郊の村、それも街の中を大小クリークが網の目のように張りめぐらされている。かつて物資の運搬、人の移動がすべて船で行なわれていた水郷地帯である。車はなく、街の中を観光客が徒歩で回り、あるいは運河沿いの古い街並みのお店で買い物ができるように整備され、まさに一日楽しく歩いて、さまざまな水郷の街の「おもしろさが体験」できるようになったのである。

古いお寺があり、明代の木造の商家がクリークに沿って軒を連ね、あるいは白い漆喰の壁を持つ家々も、まるで明代にタイム・スリップしたようである。狭い路地にはたくさんの食べ物屋が。その食べ物もひとつひとつ珍しいものばかりである。眺めながら歩くのも楽しい。変わった形のちまきや、茹でた「菱の実」を老婆が手提げ籠にいれて売り歩いている。路地裏にも石の太鼓橋がたくさん。放生橋の袂では、生きた小魚をカップに入れて売っている。河に魚を放つと、功徳になるという。「殺生をしない」という仏教の教えを体現したしきたりだ。

運河沿いに明代の木造の町家が軒を連ねている。狭い間口、奥ゆきの深い一階はお店、急な階段を二階に上ると、機を織っている。二階の床に明かり取りの吹き抜けがある。いろいろ、いろいろ。

古い屋形船に乗ってクリークをまわりながら、「これは明の時代から今に続いた、生きたディズニーランドではないか」と思った。水郷地帯だから、車が入ってこないため、「開発?」「発展?」が遅れたためである。すべて船と、徒歩と丸い石橋の街である。

江南六鎮、これらは人間が故意に遊びでつくったわけではないが、明代、清代の街並みがそのまま現代に残っているという点で、「おとぎの国のような街」になったのである。

実際にはあり得ない「おとぎの国」は、世界中あちこちにある。

ネパールの山岳地帯、ヒマラヤの雪の山に住む人々の間では、古来「雪の中に夢の国」があると信じられ、その絵を描いて飾っている。それは雪で覆われ、いくつかの村が寄り集まり、「周囲を氷壁で取り囲んだ」、戦争のない理想の国である。つまりそれがシャングリラである。

カトマンズの何軒かの小さな絵の店で、同じような絵をたくさん見た。雪に埋もれた村々に住む人たちは、そういった自分たちの「理想の国」を胸に描いて暮らしているのかと思った。人々はその絵の中のような山の中の村で、外界を知らないまま、子供のころから理想のシャングリラを胸に描いて暮らし、そして死んでいくのであろう。そのシャングリラの絵はとりわけ私の心を揺さぶった。雪に囲まれたエベレストの麓のクムジュン村（標高三千五百メートル余）からカトマンズに帰って来たばかりだったから、余計そう思ったのかもしれない。

クムジュン村は、エベレストを目指す登山隊の基地になるナムチェバザールから一日ほど登ったところ。周囲は氷の切り立った山に囲まれている。エベレストに続く谷の手前から見ると、左手にタウチェ、右手にタムセルクとアマダブラム（いずれも六千メートル級）、そして正面に、左からゴーチェピーク、アンナプルナ、タボチェ、そしてエベレストを一番奥に、右にローチェ、ヌプチェ、マカルー（いずれも八千メートル級）の山々がある。――クムジュン村はそういった山に囲まれた村であった。

クムジュン村だけではない。周囲には山の斜面にいくつかの小さな村が見える。そういったところに住む人たちが、自分たちの村々をまとめて、理想の国だと夢見て暮らすのに、何ら不思議はなかった。むしろ自分たちの生活が理想の国だと思っているのではないかと思われたからである。人々は石を積み上げて家を造り、石の囲いをつくってヤクを囲い込む。自給自足である。チベット仏教をひたすら信じている。山の嶺や谷、そして水の流れるところに、五色のお経を書いた布を無数にはためかしている。みな質素だが穏やかで幸せな暮らしをしている。外界からは閉ざされているが、反面、「悪人」は入ってこない。平和な国、シャングリラ伝説はこうしてできあがったのである。何もないが、平和な国——。

シャングリラをテーマにした映画に『失われた地平線』があった。もとはイギリスの作家、ジェームズ・ヒルトンの*Lost Horizon*で、一九三七年にアメリカで映画化された（コロムビア映画）。政変の続く中国を脱出する飛行機がハイジャックされ、雪と氷のヒマラヤの山の中に不時着。生き残った五人はやがて氷山の間から現われたチベット仏教の僧に導かれて、氷の中の不思議な国に案内される。これがシャングリラである。そこは地図にも載っていない、世界中の人たち誰ひとりとして知らない国であった。花が咲き乱れ、暖かく、しかも不老不死の夢の国であった——というお話。ジェームズ・ヒルトンは、アメリカの地理学雑誌『ナショナル・ジオグラフィック』に特集された植物学者のチベット報告と写真を見て、この『失われた地平線』を書いたと言われている。なるほどと思う。彼の創造した理想の世界でもあった。やはり映画化された彼の『チップス先生さようなら』も同じようなよき時代のイギリス型理想世界とファンタジックなロマンをうたっているのだと思う（こうしたエベレストの山々を越えて、北の中国から共産主義者がやってきて、ネパールでさまざまなオルグを行ない、いろんな問題を起こしている。偶然、カトマンズの街の中で、オルグで進入して来て捕まり、死刑になった人の火葬が川の傍で行なわれているのを見た）。

さて、いろいろと夢の国、夢の庭園のことを書いてきたが、わが日本にもドリームランドはあった。そのひとつが京都にあった「六条院」である。ご存じ光源氏が、京都京極の六条に、ゆかりのある女性を集めて住まわせるために特別につくった超豪華なお屋敷である。

なぜ「豪華」かというと、四季折々の季節を楽しむための四つの宮殿があったからである。普通の寝殿造りは一町四方だが、六条院はその四倍もあった。その敷地を四つにわけ、辰巳の方向、つまり東南には、「春」の御殿。この宮殿には池があり、島があり、南の築山は高く、春の花の木をいろいろ集めた。五葉、紅梅、桜、藤、山吹、岩つつじ、しかもそういった木々の間に、秋の草花をひとむらずつ。池に張り出した釣殿もふたつあったと思われる。寝殿造りのこの宮殿には光源氏と、紫の上、それに明石の姫君がいた。

未申、つまり西南には「秋」の御殿。やはり南に池を持ち、泉水、遣り水が流れ、滝もつくってあった。広い庭園内は色鮮やかに紅葉するもみじ、下草は秋の草花が植えられた。ここには六条の宮息所の娘、冷泉帝の中宮、すなわち秋好む中宮が住んでおられた。

丑寅の東北は「夏」の御殿で、花散里《はなちるさと》が住み、夏を涼しくするために、呉竹の下を風が吹き抜けるように、また高い木々を重なり繁らせて日陰をつくった。卯の花の垣根、昔を偲ばせる花橘、撫子《なでしこ》、水辺には菖蒲が植えてあったという。

さて最後は、戌亥の方角におられる明石の上である。光源氏が明石に流されていたときの女性で身分が低いので、この館だけは寝殿造りではなく中庭を挟んで東西に大きな「対」があった。雪のふる冬の演出として松の木がたくさん植えられた。菊の籬《まがき》は朝霜が降りたときの風情を楽しむように、こなら、くぬぎなど（「ははそ」という）といった木々が植えられていた——。

ざっというとこんな感じの四つの御殿に、それぞれ謂われのある女性たちが、四季折々にそれぞれの季節を愛でながら、生活をする。もちろん女性たちは自分たちの依ってたつ立場も、そして性格も違うが、みんな源氏にゆかりのある人たちで、こうした人たちが源氏を中心にさまざまなドラマを繰り広げるのである。四町四方、総面積二万坪に及ぼうとする大邸宅であった。

このような趣向を一体誰が考えたのであろうか。紫式部や、あるいは源氏がその前に住んでいた二条の東院などにもそうしたヒントがあったのであろうか。

また源氏はよく着物の裏地として蘇芳《すおう》を着ていた。黒く沈んだ赤色。スオウの植物からとった染料で染めてあった。源氏物語には色にまつわる話も多い。その時代はみな草木染めである。ある正月に、源氏が花散里のところに行くと、縹色《はなだいろ》のお召し物を着ていたとか、明石の上のもとにお泊まりに行ったときは、山吹色の着物を着ていたとか、それぞれの色にもまた女性たちの想いや、意志が込められているのである。

それにしても、日本人は四季折々の自然と植物を愛でる、そういった感性をとりわけ強く持っているのではないだろうか。また正月や二十四節季、季節の節目、節目に行なわれるさまざまな行事もまた大切にする。そういったことこそ最高の幸せであり、贅沢なのである。お金持ちが、金銀財宝を集めだすのは歴史のずっと後のことだ。

さて、夢の庭園の最後にご紹介するのは、東京新宿区の「戸山ハイツ」である。なぜ戸山ハイツか、ちょっと驚かれるかもしれない。実は私自身も驚いているのである。もう戸山ハイツというより戸山町といった方がいいかもしれないが、戦後ずっとここにはアメリカの進駐軍の住宅がたくさん並んでいた。木造平屋一戸建てであったが、その後そのまま都営アパートに。いい木材のない終戦後の急ごしらえの住宅、それに建ててからずいぶん時間が経っていたから、バラック同然であった。ただし、もともとアメリカ軍の家族のためにつくったから、まわりに庭がたくさんとってあり、周囲も緑が多かった。すでに荒れ果ててコンクリートの座席だけだったが、丘を利用して、小さな谷間に野外ステージと観客席があった。都営アパートになってから、廃材で建て増しをして「離れ」を建てているところも。その離れを私は学生時代、下宿として三年間借りていたのである。だから戸山ハイツは隅から隅までよく知っている。中にあるパン屋、小さな市場に定食屋があった。銭湯は昼間から行った。箱根山という小高い丘の上に展望台があり、昼間は誰もいないからひとりでよくギターを弾いた。丘の中腹西側に、教会があった。小さな赤いとんがり屋根の上に白い十字架が立っていた。古い大きな樫の樹や銀杏の樹もあった。

四十年も前のことだ。今から思うと、学生時代の下宿周辺、ずいぶんなつかしい。ところが、ある年の秋にたまたま大学でモンゴル関係の研究会があり、珍しく時間があったので帰りに戸山ハイツに寄ってみた。今はバラックがすっかり取り払われて、高層アパートになっている。バラックの間にあった、雑草の繁る小道などもすっかり変わっている。ただし、箱根山だけはもとのまま。周辺の樹が大きくなっていることと、コンクリートの展望台は建て替えられている。

その箱根山のふもとに石碑が建っていた。以前はなかった。読むと、ここはもと「戸山荘」といって尾張徳川藩の下屋敷のひとつだったとある。ふう〜ん、と私は思った。三年間住んでいたのにまったく知らなかったからである。箱根山の展望台にしても、野外劇場にしても、木造平屋建ての家も、すべて「アメリカ式」だったから、いきなりここは江戸時代の大名の下屋敷だったと言われてもまごついてしまう。まったく想像がつかないからだ。ただ一行だけ、箱根山の下には、模擬小田原宿があった――とある。「箱根山というのはそこから来ていたのか」。今まで、なぜ人工的に土を盛り上げたような山を箱根山というのか疑問に思っていたのだが、それで納得だった。小田原宿は箱根の麓だからである。それだけはなんとなく想像できそうな気がした。

その日はそれで終わり、そのまま、一年がたった。半分は忘れかけていたが、このたび、中国の承徳やフランスのプチ・トリアノン、さらにはネパールに行ったときの古いノートを読み返している間に、これはどうしても、尾張の「戸山荘」について調べなければと思った。尾張藩といえば、もともと徳川御三家の中でも筆頭の殿様、金の鯱、名古屋城の六十一万石の親藩である。「戸山荘」というのはアパートの名前ではない。二代目尾張藩主、徳川光友の時代につくられた広大な屋敷である。しかも光友の正室は、千代姫。将軍家光の長女である。戸山荘の土地の半分は、家光の乳母である春日局の補佐役として家光に仕えた祖心尼から送られたものだという。とにかく幕府の中でもとりわけ尾張藩は別格だったのである。

調べてみると戸山荘については、江戸時代の多くの文献に現われていて、谷文晁が「戸山荘二十五景」なども描いている。当時は大小の違いはあるが多くの大名が、自分の屋敷の庭園に意匠を凝らして、客を招待している。ときに将軍を招いたりした。そのためさまざまな趣向を凝らしていたのである（戸山荘については、名古屋大学の小寺武久先生がすでに詳しく調べられている。小寺武久『尾張藩江戸下屋敷の謎』中公新書、一九八九年）。

総坪数十三万坪、私の想い出深い箱根山は高さ四十五メートル。「山手線内」では一番標高の高い山だという。尾張藩は城に一番近い藩主とその家族がいる上屋敷のほか、中屋敷二カ所、下屋敷はなんと六カ所もあり、その中でも「戸山荘」が桁外れに大きかった。もちろん他の大名屋敷と同じように、山水やさまざまな植木などの間に、茶屋、東屋《あずまや》、お堂、塔、お寺などもあったが、とりわけ特異なのは「御町屋通り」と呼ばれる箱根の宿を模した宿場が再現されていたこと。その数三十七軒、長さにして百三間（百九十メートル）というから本物の宿場町のようである。

宿場町を庭園内に造ったものとしては、肥後細川藩の「水前寺成趣園」があるそうだが、これだけの規模は「戸田荘」だけだそう。参勤交代に欠かせない、大名の泊まる本陣のほか、旅籠もあり、また商家は無数に。米屋、酒屋、菓子屋、薬屋、瀬戸物屋、本屋、絵屋、扇子屋、など。また武士のためだろうか、弓師、矢師、鍛冶屋といった職人のいる店もあった。しかも町家の並んでいる道路は、二カ所で鈎形に曲がっているところがあり、枡形といって敵が攻めてきたとき、スムーズに通り抜けられないようにもなっていた。木戸も何カ所かあった。宿場町のはずれには三軒の茶屋まで。すべてが宿場町そのものであった。特筆すべきは、この宿場町だけの掟が「高札」として掲げられていたことである。ここに、庭園内につくられたドリームランドたるゆえんがある、と私は思う。

曰く――

○この庭園内では、喧嘩、口論をすべからず。

（ここには、番人や町人もいないし、宿場町といってもみんな武士のお遊びの町だから、喧嘩をしても、誰も間に入って仲裁してくれないし、奉行所へも届ける必要はない）

○（酒を飲んで）落花狼藉は、はしたないことなり

（ここは野趣を楽しむところであるから）

○人馬の滞りが、あってもなくてもかまわざりしこと

（焦ってどこに行くわけではないので）

という立て札が立っていたというのである。これは、ディズニーランドなどにおける園内だけに通用するルールと似ている。あるいはもっと崇高な理想が掲げられていたのかもしれない。とにかく徹底した「遊び」の庭園であった。二代藩主徳川光友の時代につくり始めたというから、一六六九年（寛文九年）のこと、「御町家」は一六七二年からという。朱子学を重んじる武士の「遊び心」がよく出ていると思われる。実に健全でもある。

さて、いろいろなドリームランドを紹介したが、国により、あるいは時代により、それぞれ特徴が出ておもしろいと思う。人間の夢とは何か。欲望とは。私はずいぶん前に、フロリダのケープ・ケネディ（現在は、「ケープ・カナベラル」）の宇宙基地で、発射台に乗っている発射寸前のスペース・シャトルを間近かで見たことがあるが、その巨大さ、人間の宇宙に挑戦する勇気、いや恐ろしささえ感じ、それはまさしく「現代のピラミッド」ではないかと思ったことがある。巨大な墓を造るのも、宇宙に挑戦するのも、その時代の最先端の技術を駆使して、人々の夢と欲望を内包してつくられたことに違いはない。承徳の避暑山荘も、マリー・アントワネットの愛したプチ・トリアノンも、現在、観光地として復活した江南の水郷村も、そしてわが源氏の六条院も、尾張の殿様の戸山荘も、みんな人間の理想の実現を試みたドリームランドである。それは時代こそ違え、現代のディズニーランドの形を変えたものといっても間違いはなかろう。人間の夢の行き着くところは、昔も今もあまり変わりないのかもしれない。

余談であるが、将軍や数々の大名を呼んで園遊会が開かれ、一時は戸山荘も栄華を極めたが、安政二年（一八五五年）の大地震、安政六年の江戸の大火の飛び火などで類焼、一部は再建されたが、やがて幕末。尾張藩は下屋敷を徳川宗家に返還、大政奉還を迎える。江戸に残った武士たちは、百姓となって広い戸山荘で畑の開墾を始めるが、決定的な出来事は、御一新のとき、西郷隆盛が薩摩藩の兵隊を連れて官軍として進駐、駐屯したことだった。

以後、この地は陸軍の施設がいろいろつくられた。明治七年（一八七四年）より、陸軍戸山学校、陸軍病院、近衛騎兵連隊、陸軍幼年学校、士官学校などである。練兵場もあった。

戦後はそこにアメリカ軍が駐屯。前述の米兵家族のための住宅が建ち並び、「戸山ハイツ」と呼ばれた。その住宅がそのまま都営アパートとなり、現在は高層アパート。ほかに国立病院、都立戸山高校、東戸山小学校などもある。時の流れはすべてのものを流し去ってしまう。高さ四十五メートルの箱根山だけがもとのままだ。もちろん高札のあった御町屋などはその跡かたもない。尾張藩の下屋敷、戸山荘の夢の跡である。

19

京都大徳寺大仙院の青年僧

その時その場を懸命に生きる禅宗の教え

十年一昔というけれど、これは二昔も三昔も前のお話し。

若い女性雑誌の読者を大勢連れて京都を旅行したときのことだ。

今でこそ、二十代の女性がひとりで旅をする、あるいは二、三人連れで旅をするなどということは、当たり前のことだが、そのころはそうではなかった。多くの人は、団体でバス旅行。お年寄りよりも若い女性が団体で旅をしていたのである。バスガイドさんも女性の人気職業のひとつだった。

当時は女性週刊誌が全盛時代で、既存女性四誌といって『週刊女性』『女性セブン』『ヤングレディ』『女性自身』がそれぞれ覇を競っていた。雑誌のメイン記事は芸能と皇室が二本柱。特に『女性セブン』は「美智子さま」が毎週のようにトップ記事として扱われていた。それが終わると「デビ夫人」が部数を引っ張った。

月刊誌は、『装苑』という洋服をつくるための型紙のついたものもよく売れていた。洋服を個人で「つくる」時代だった。

どの雑誌も旅の記事があったが、それも活版記事できわめて小さく、だいたいはよく知られた旧所名跡の紹介だった。

そうした中で、ザラ紙を使わない、すべてオフセット印刷、大判のいわゆるカラー・グラビアの女性雑誌が誕生したのである。名前を『ｎｏｎｎｏ』という。茅野力造という名編集長の指揮のもと、三十万部で創刊され、最初から他紙を圧倒して売り切れ、その後もどんどん部数を伸ばしていった。よく『ａｎａｎ』と比較されるが、これは読者層がまったく違い、また部数も常に『ａｎａｎ』の三倍は売れていて、比較にならなかったのである。

その大成功をした『ｎｏｎｎｏ』の編集方針の三つの柱は、ひとつ目が既製服の「選択」のためのファッショングラフ、ふたつ目が芸能記事を排し、懸命に生きる生の人間を紹介するもの（これを「ヒューマン編集」といった）、そして三つ目が「女性の一人旅、二、三人旅」の紹介とカラー・グラビアである。それまでの既存週刊誌には、カラーでの旅の記事などはなかった。自慢じゃないが、この「旅」の柱を提案したのが、誰あろう私なのである。

それはともかく、旅は名所旧跡だけではなく、何気ない旅先の小道や、あるいは昔誰かが通った道とか、どこにでも存在する——という旅のあり方を、新しい雑誌は提案した。もちろん名編集長や、多くのスタッフの努力でこの企画は成功し、のちに京都特集をはじめ、奈良、倉敷、鎌倉、はては萩や角館といった地方の小都市までどんどん特集した。同じやり方で、パリやロンドン、ローマ、フィレンツェも企画され、その都度ヒットしたのである。

その読者を連れての京都旅行である。確かバス二台分。百人ほどであったから、仕方なしにバスを使った。しかし中身は、『ｎｏｎｎｏ』らしい、ひと味もふた味も違う旅を提案したのである。

京都の北西に大徳寺という大きな寺がある。その塔頭のひとつに大仙院というのがあって、そこのお坊さんがとても説教がうまいという評判であった。もちろん私は会ったことはなかった。大きな歴史ある寺だが、当時は、観光客からはほとんどと言っていいほど注目されていなかったと思う。

坊主頭、面長で若いハンサムな僧侶であった。目のくりくりした愛嬌のある顔をしている。歳の頃は三十歳前後（若く見えたのかも知れない）。

まず、寺の縁起や自慢の枯山水。蓬莱山から流れ出た砂の川が、方丈前の海に注いで、大きな石庭をつくっていることなどを説明した後で、この僧が、いきなり声の調子を変え、大きな声で説教を始めたので、女性たちはびっくりした。

「みなさんはこの寺に何を期待して来はりましたか？古い苔むした庭を見に、あるいは長い間風雨にさらされた木目の浮きでた黒ずんだ柱や、板壁を見にいらした？ああ、古い。今にも倒れそうだ。う〜ん、これこそ侘がある。寂があると――」

「そう思っていらした方は、失礼ながらみんな帰っていただきたい」

若い僧がそう言ったときは全員さらに驚いた。

「ここは仏教の中でも、禅宗のお寺で、禅の修行道場としても有名。我々は、これを仏道といって、禅の修行の他に人間の行き方も学んでいます。寺は死者の弔いや、葬式をするばかりではだめなんです。今をどう生きるか、それが大切なんです。本当はこの寺が、禅の修行や仏法を勉強する若い僧や、多くの信者であふれているときは、この伽藍は、赤や朱色、緑や白の縁取りでキンキラキンと輝いていた。今のみなさんには、派手すぎていやなくらいにです。そうではありませんか。この寺が最も活気にあふれていた時代は、キンキラキンだった。〈寺が生きていた〉から。観光客なんぞこなかった」

なるほど、今では京都の多くの寺が観光客でモッている。それが当たり前のようになっている。したがって観光客が来ない寺は、さびれている。しかしひとたび、テレビで特集されたり、雑誌で注目を集めると、今まで誰も振り向きもしなかった寺や神社が、一役脚光を浴びるようになり、ヒットする。入場料がガッポリ入るのだ。

「我々禅宗のお寺が、他の仏教の宗派と違うところは、いろいろあるけど、結論からひとつだけ言うと、それは、〈そのとき、その場を生きろ〉ということです。今だってここにいるみんな、バスに乗って団体で連れてこられた。なかには私の話を一生懸命聞いてくれている者もいるけど、まあ坊主が結構なことを言っていると、ながらで聞いている者もいるでしょう。しかし、私は言いたい。同じ聞くなら、一生懸命聞け。つまらない話かもしれないが、懸命に聞く人と、ながらで聞く人間とは、得るものが違うということです。仕事だって、遊びだってそうです。そのとき、その場を懸命に生きようとする人間は、長い人生の間に、大きな差がつくということです」

若い僧がここまで言うと、それまで「惰性」で聞いていた者はみんな居住まいを正した。シーンとなった。

「私だって、毎週三日間、当番でしかも一日六回、こうしてやってくる観光客に説明をしなければならない。寺の歴史からはじまって、枯山水。廊下の横を砂の川が流れて、やがて向こう側の方丈の前の大海に出る。ここが天竜寺の石庭にもまさるすばらしい庭だということを。もう何年も、何百回もやっているのだから、目をつむっていても言える。しかし、私は決して惰性では説明をしないようにしている。ひとりでも多くの客に、この寺を分かってもらおうと、毎回、全身全霊をもって説明する。そのときその場を生きる。いまこの一瞬を、精一杯頑張るんです」

「今日は、短い時間ですから、これだけでも覚えていってください。禅宗は、禅の修行をします。それは自分が懸命に生きようという心を鍛えるためです」

思わず観客から拍手が起こった。団体で連れてこられ、ながらで聞いていた女性たちも、みんな一度に目が覚めた。いやあ、京都のお寺にも、こういった気骨のある若い僧がいるのかと私は思った。あちこち回った三日間の京都旅行でも、とりわけこの大徳寺大仙院が印象に残ったことは言うまでもない。それどころか、二十年以上たっている今でも、ここだけははっきり覚えているくらいだから、そのときのわずか三十分の説教がいかに強烈だったか、印象的だったか想像してもらえば分かるだろう。

この話には、第二話がある。私が東京に帰り、それからわずか一週間もたたない日曜日の午後のことであった。昼食を食べてから何気なくテレビを見ていると、上野の花見の実況中継をしていた。折から桜が満開で、山は花見客でごった返していた。大勢の人が広場を行き来し、屋台も並んでいたように思う。と、そのカメラが、人込みの中で、ひとりの男を映し出した。

「おっ」と私は思わず起き上がった。紛れもないあの大徳寺大仙院の若い僧だった。青々と剃った頭、面長で男前。くりくりした目。まさしくあの男だった。坊主頭の上にも、まわりの人々の上にも桜の花びらが舞っていた。のどかな春日和である。

僧は行き交う花見客を相手に話をしていた。辻説法である。カメラがさらに近寄った。まわりには七、八人の人が立ち止まっている。

職業柄、私はすぐにこれはテレビ局が仕組んだ企画だな、と思った。

折から高度成長経済の真っ只中。花見に浮かれる日本人に、ここはひとつ「喝」をいれて、自分の生き方を見直してほしい。そう誰かが考えたに違いない。

「私たちの頭の中には、知識や経験、あるいは世間体からさまざまなものが詰まっています。そうして、先入観や固定観念ができ上がっている。そしてそれらにがんじがらめに縛られている。我々が本当に生きるためには、そうした観念をまず解き放さなければならない。本当の己を知ることは、己を忘れることとなり。己を捨てることとなり。頭の中をまずからっぽにすると、そうしたしがらみから解き放され、人間の思考能力が無限に広がる〈無心〉という状態になる」

「禅は宗教ではありません。禅は、現実の苦しみから逃れて、心の平安を得るものでもありません。我々ひとりひとりが、自分の人生を見つめなおして、毎日毎日、その一瞬をしっかりと、勇敢に、たくましく人生に立ち向かっていく。そうした強い人間を作り出すのが禅なのです。現実に正面からぶつかっていく気概を持つ、それを養うのが禅なのです」

若い僧は力説していた。確かにそうである。あの大仙院で聞いた説教と同じだ。しかし、まわりの雑踏のせいか、あるいはテレビのマイクのせいか、いまいち声が聞き取れない。せっかくいいことを言っているのに。まわりに行き交う人は多くても、なかなか立ち止まって聞く人は増えない。

ふと、若い僧は話を一区切り終えて、目の前にいる男と目が合った。普段着の中年の男である。

男はぶしつけに言った。

「あんたは、一生懸命生きている?」

「ええ、できるだけその一瞬に自己の最善を尽くすよう努力を――」

テレビカメラが一段とヨッた。問答が始まったのである。

「あんた、無心になったことある?」

男は容赦なく、聞く。

「ええ、私は禅の修行を何年も。比叡山にも」

僧はマジメに答える。

「無心になった男が、こうやって東京まで出てきて、みんなに説教をしている?」

男は、さらに意地悪く質問した。若い僧を「飲んで」かかっている。

僧は一瞬、ひるんだ。なんと答えていいか迷った。関西ではこの手の輩にはお目にかかったことがないのだろう。

「私だったら、若いあんたのような年齢で、人に説教をするなんておこがましくてできないけどなあ」

「それにテレビ局に頼まれて、わざわさ出かけてきたんだろう。金をいくら貰うことになっている?」

僧は一瞬絶句した。わずかな時間だったが、沈黙が続いた。テレビはずっと中継している。突然のハプニングである。

そのあと、僧は何か言い訳をしたが、私にはよく聞こえなかったし、覚えていない。まるで返答になっていなかったように思う。

質問者の一本勝ちである。

そのハプニングの中継を見たとき、正直言って私自身もこれは一本とられたと思った。東京の口の悪いオヤジにかかったら、若いまじめな僧は手も足も出ないなと思った。それはそれまでの僧の説教があまりにも頑張っていただけに、見事な逆転の一本背負いのように思えた。むしろ視聴者としては、おもわず笑ってしまうぐらい見事であった。おそらく僧は、尻尾を巻いて京都に帰り、二度と寺から外に出なくなるのではないかと思われるくらいだった。

その後、その僧をテレビで見ることは一切なかった。私が見なかったのかもしれないが、たぶん東京のテレビには出なかったに違いない。そして時間が経ち、私は、僧のことも、大仙院のことも思い出すことなく、三十年が過ぎた。


ところが、齢六十を過ぎた私は、今年の春に上野の山に出かけ、満開の桜が散るのを見たとき、ふとあのときに恥をかいたあの若い僧のことを思い出したのである。

振り返れば恥多きわが人生であった。それは胸に手を当てれば、自分のことは自分が一番よく知っている。自分は、毎日毎日を一生懸命、そのときその日を精一杯生きて来ただろうか――。悔いのない人生だったか？思えば後悔ばかりである。もっとあの僧の言うことをマジメに聞いておけばよかったと。

それにしても、あの皮肉をいった中年のオヤジ。今頃どこで何をしているんだろう。東京の人間は口が悪い。

私が東京に出てきたとき、学校で最初に気づいたことは、田舎から来た学生と、東京の学生が、さまざまな行動において違うということである。クラブ活動をするにしても、何をするにしても、とにかく東京で育った学生は要領がいい。自分の得にならないことは絶対にしない。放課後もそれぞれに遊びをたくさん知っていて、さっといなくなってしまう。それに比べ田舎者は、要領が悪く、次回のクラブ活動の準備をさせられたり――いや、またそうすることは当然と思っているから別にいやだとは思っていなかったのだが。田舎の人間はとにかくバカマジメなのである。おそらく今でもそういう傾向は変わっていないだろうが、しかし全体としては世の中全体がそういう傾向になりつつある。

東京の人間は、いつでもいち早く自己の権利を主張する。何か不平等なことがあると、すぐに訴える。自己主張が強いのである。

あるいは花見で僧にケチをつけたオヤジのように、斜に構えて批判する。自分を傍観者の立場において相手を嘲笑する。

戦後のミンシュシュギのおかげである。しかし、本当にそれでよかったであろうか。人間、馬鹿になって何かを懸命にする、与えられた環境の中で精一杯頑張る——そういった姿勢や努力もまた必要だったのではなかったか、と今にして思うのだ。ケネディの大統領就任挨拶を引き合いに出すまでもなく、国に要求ばかりしないで、自分が国に何をするか、そういった義務や奉仕の心も身につけてもらいたいと。

「幸せは、見つけるものである」、と宗教家はよく言う。与えられた環境や条件の中でも、心構え次第で、幸せはどこにでもある——。これは革命家にとってはタブーだ。なぜならみんなが現状に満足すれば、革命は起こせないからである。反面、あそこが悪いここが悪いと、まわりにあるものすべてを不満に思ってくると、にっちもさっちも行かなくなる。諸刃の刃である。はたして私の三十年間の生き方はどっちだったのであろうか?

テレビの前で、東京の人間に恥をかかされた若い僧の「そのとき、その場を懸命に生きる」という生き方は、実は真実であって、長い人間の歴史の中から考え出された、庶民の処世術だったのに違いない。一日一日を、一年一年を、惰性でなく常に一瞬を懸命に見つめ、勇敢に生きて来たなら、もっと別のすばらしい人生が開けていたのではないか、と今にして思うのである。

蛇足であるが、あのときのあの青年僧、調べてみると健在であった。しかも、たくさんの〈生き方について〉の本を出し、講演もあちこちでされているようだ。尾関宗園、「おぜきそうえん」と読む。一九三二年生まれというから現在七十八歳、三十三歳の若さで、大仙院の住職になったというから、ちょうどあのころ住職になったばかりだったのだろう。

20

松の人格

三十年来の友人が隠していたもの

松の木の姿や形について、美しいと思うようになったのはごく最近のことだ。黒松は子供のころから、赤松も東京に来てからあちこちで何回となく見ていたが、松が独特の枝振りをし、またその立ち姿が、単に木とは思えない個性と、何か人間に訴えてくるものを持っていると気づいたのは、青梅に梅の花を見に行ったときである。

近年、といってももう三十八年も前らしいが、梅の里で有名な青梅市が、単に川沿いの平地にある梅畑、それも梅を採るための白い梅の花だけでは観光としては物足りないので、山を開発して観光用の美しい「梅の山」（青梅市、梅の公園）をつくった。ふたつの谷と三つぼどの嶺をすべて何種類もの鑑賞用の梅の木で埋めたのである。紅梅、白梅、八重や枝垂れなど百二十品種、千五百本、咲く時期も少しずつずれている。

最初はともかく、梅の木は年々大きくなり花も立派に咲くようになり、最近は観光客も増えてきた。

平地と違って山あり谷ありの地形と、嶺や谷をめぐる変化に富んだ小道、それに嶺の辺りは、下から見ると花が幾重にも重なってひときわ色濃く見えるから、これは美しい。梅林のきれいさを再発見したように思った。

ところが再発見したのは梅ばかりではない。嶺の高いところにひときわ抜きん出てそびえる何本かの赤松である。本数はあまり多くないが、一本一本の松の枝振りがいい。密生する白い梅の中に八重の紅色、薄紅の色が交じり合い梅だけでもすばらしいのに、そのすべての梅の群落を頭何倍かも抜きん出て、数本の青い松が山の嶺にそびえ、枝を右に左に伸ばしている。この松が、梅の花の林をいかに引き立てているかと気づくのにそう時間はかからなかった。ある松は高いところで右に枝を伸ばし、隣の松は左に受けている。松はひとつとして同じ枝振りのものはない。それも左右非対称で、構図としては一本の松だけを見ると、実に不安定なはずなのに、我々人間から見て、それが不均衡だと感じないのはなぜであろうか。たとえば、左にだけ大きく枝を伸ばしている松でも、左に倒れるのではないかと思ったことは一度もない。それは松の木の粘り強い特質を知らなくても、そう思えるから不思議だ。

山に自然に生えている松で、ある程度年を経た松は、その枝振りがきわめて変化に富み、格調高く見えたり、見方によってはおどけてさえ見えたりする。それが他の樹木と松との大いなる違いである。松が古くから村のシンボルや、道案内、あるいは庭木の中で最も真ん中の重要な位置をしめているのもうなずけるところだ。家の門の前にその家の象徴として植えることも多い。

田舎から都会に出て来た人は多いと思うが、私も学生時代から東海道、山陽道を何十回となく田舎に帰るために往復した。古くは蒸気機関車、夜行列車、そして新幹線と乗り物は沿線の風景とともに少しずつ変わったが、山の形や川の位置だけはあまり変わらない。その何十年にもわたって見続けた中国山地の山々が、あるときから松だけ赤く立ち枯れる光景が目につくようになった。雑木林の中で、松がこんなにたくさんは生えていたのかとあらためて気がつくくらい、山の、松だけが一斉に枯れたさまは痛々しい。

松枯れは、西の方から次第に北上し、やがて近畿地方に。京都のたくさんの名庭の松も心配された。そして今や関東から、東北までその進行は留まるところを知らないという。私の身内で地方の市役所で環境問題に関心のある男が、それはマツノマダラカミキリと体内にいる寄生虫のせいだという。それで役所では枯れた松を切り倒し、短く切ってビニールで包む――そうして材木の中にいる寄生虫と、それを運ぶマダラカミキリをそれ以上広がらないようにしているのだという。確かに山の中で、一メートルほどに切られた松の材木が三、四本束ねられて透明なビニールで包まれたのを見たことがある。知らないときは一体誰が何の目的でこんなことをしたのだろうと不思議だった。私は最初からそれは中国からやってくる酸性雨のせいではないかと主張した。一九七〇年代に中国の鉄鋼コンビナートで有名な鞍山《あんざん》に行ったとき、バスが町に近づく前に、地平線の彼方に、製鉄所の何十本かの煙突が見え、その煙突から出る黒煙が広大な空を覆い尽くしているのを見て、腰を抜かさんばかりに驚いたことがある。ほぼ三百六十度、四方が地平線まで見える大地の上の空一面を毒々しい煤煙が覆い尽くしていたのである。そういった大きな黒煙を私は生まれてこのかた見たことがなかった。とてつもなく恐ろしいものを見たような気がした。そのときの印象は今も忘れない。

東京で引っ越しをして三年目に、ご近所のご主人に話を聞いた。そのご近所さんは退職前に製薬会社に勤めていて、全国の自治体に松くい虫駆除の講習指導をして歩いていたのだという。私はこれ幸いとばかりレクチャーをお願いした。それによると、ひと口に松枯れ病、松くい虫と言っても、なかなか奥が深いのだ。

まず松が枯れるのは、直接的にはマツノザイセンチュウ（松ノ材線虫）による。この寄生虫が松の体内に入って松を食い荒らす。線虫という以上、回虫とか蟯虫といった寄生虫である。ではどうしてこの寄生虫にかかるかというと、それを媒介するのはマツノマダラカミキリという小さなカミキリムシなのである。体長二〜三センチ。

体の中にマツノザイセンチュウを無数に持ったマツノマダラカミキリは五月、六月に松の新しい芽が伸びるのを待って活動を開始する。

春、青い棒状に伸びる松の新芽をご存じであろうか。まだ短い松葉の元になる葉をたくさんつけた二十センチくらいの棒状の円柱が、昨年の松葉の上に次々に伸びるのを。この棒状の青い芽は、他の松の小枝と違って柔らかい。この芽にマツノマダラカミキリはかじりついて汁を吸う。そのときカミキリの体内から、あるいはお尻からマツノザイセンチュウが松内に移動する。感染するのである。マツノザイセンチュウは松の体内で活動を始める。線虫に冒された松はやがて一部、または全部が枯れてしまう。

この枯れた松の木にのみマツノマダラカミキリは自分の卵を産むのである。枯れた松の幹に産みつけられた卵は幼虫になり、三、四回脱皮したのちサナギになり、外皮に近いところに蛹室をつくって春になるのを待つのである。

このとき松の体内にいた無数のマツノザイセンチュウが、サナギのいる蛹室に集まってくるのだ。そしてサナギの体内に入り込む。鎧のように段重ねになった腹の隙間からだという。サナギから孵ったマツノマダラカミキリは蛹室を出て、また別の(生きている松の)芽吹き始めた棒状の芽に汁を吸いに飛び立つのだ。こうして次々に松が枯れていくらしい。何千本という山のすべての松が枯れるのだからその繁殖力はすざましいといえよう。このままだと日本中の松がやられるのではないかと心配されている——。

話しは変わるが、私の友人にとても律儀で真面目、とても快活な男がいる。いつも元気一杯である。もう三十年以上の付き合いだが、彼はさまざまな古典を読み、知識も深く、教養も高い。もう六十歳も目の前であるが、なぜか独身だ。

彼の感心するところは、どんなことがあっても、常にへこたれることなく、前向きに仕事や趣味に取り組むということだ。それに義理がたく、相手の気持ちを大切にする思いやりもある。これは見上げたものだ。植物は特に樹が好きで、古い神社などに行くと大木の幹をさすって、声を上げてその樹の大きさを、樹齢の多さを褒めたたえる。何十年も立ち続ける樹に、とりわけ尊敬と愛着を持っているのである。

あるとき私が、受け売りの「松ノ材線虫（マツノザイセンチュウ）」の話をすると、彼は、日本人にとって松は特別な存在であることを強調し、自分も樹を見るのが好きだけど松は別格なのだと言う。その松が、今、日本中で枯れているのを何とかしなければと——。そして、「良寛にも松を詠んだ歌がたくさんあります」と言う。ご存じ、誰でも知っている江戸時代末期の隠棲の僧である。

突然に良寛の名前を聞いて驚いたが、良寛は松が好きだったのかと私は漠然と思い、また江戸時代に松がどのように人々から思われていたのか、なんとなく想像したがよく分からなかった。

彼から良寛の名前をきくのは初めてではない。彼がときどき良寛の本を持ち歩いているのを何度か見たことがあったからだ。ただ、私自身が知っている良寛は名前だけで、実際どういった人物か、どのような歌や、俳句や漢詩を読んでいるのかも知らなかった。

一週間ほどして、彼からメールがとどいた。良寛の松の木を詠んだ歌を拾いだしたというのである。歌は八つばかりありその歌を一つずつゆっくり鑑賞しながら読んでいる間に、私は背中から冷や汗が出るのを覚えた。


「良寛が一つ松の木」をうたった短歌、探し出しました。と冒頭にあって、

山かげの荒磯《ありそ》の波の立ち返り見れども飽かぬ一つ松の木

岩室の田中の松を今日見れば時雨の雨に濡れつつ立てり

松の木が雨にぬれて一本寂しげに立っているさまが目に浮かぶようである。良寛はそういった松にも心を寄せているのである。

岩室の田中の松は待ちぬらしわれ待ちぬらし田中の松は

往《ゆ》くさ来《く》さ見れども飽かず石瀬なる田中に立てる一つ松が枝

良寛が、その一本松にいかに愛着を持っているか、またその松にさまざまな語りかけをしていることが分かる。

また次のような句もあった。

山住のあはれを誰に語らしめあかざ籠《こ》に入れ帰る夕暮れ

夕暮れの岡の松の木人ならば昔のことを問わましものを

ひとり山中の庵に暮らし、乞食《こつじき》の雲水として世を渡った良寛には、田中に立つ「一つ松」は人格をもつほどに親しい間柄でした——と友人の注がある。

次々に読んでいく間に、私は良寛がたったひとりで庵に住んでいるようすが目に浮かぶようであった。と同時に、私の友人のあの、いつも快活で元気な彼が、実は良寛と同じように、本当は、ひとりのときは孤独で寂しい思いをしているのではないかと気がついたのである。それは日頃の活発な彼の姿からはまったく想像できない姿なのだ。私は愕然とした。寂しい良寛と友人の姿がオーバーラップして見えたのである。彼はいつもひとりで良寛の孤独な和歌を愛唱しているのではないか。私は、三十年以上もの長い間付き合いがありながら、本当の彼の姿を知らなかったのではないか。彼の本当の心のうちはひとりぼっちで寂しがり屋ではなかったか、とあらためて思った。

人間というものは不思議なものだ。この歳になっても、まだまだ人の心のうちや、気持ちなどは分からないことばかりなのである。

21

折口信夫（釈迢空）、葛の花は壱岐島《いきのしま》か熊野古道か

地元を巻き込んで論争が続く名歌の謎

花や植物のことを書けばきりがない。高等学校を卒業して東京に出ると、下宿のまわりの野草も初めて見るものがたくさんあった。

東京近辺では当たり前の雑草が、西の瀬戸内の暖かい地方から来た者には、実に新鮮で物珍しく見えたのである。その代表がムラサキケマンとツリフネソウである。どちらも可憐な花であるが、戸山ハイツの下宿のじいさんは、これは雑草だといって引き抜くのである。

そもそも、雑草の定義は何であろうか。それは見慣れたために美しいと思わなくなった草である。西からやって来た私にとっては珍しくてかわいい花が、東京生まれのじいさん

にとっては子供のころから飽きるほど見ていて、少しもきれいだとは思わない、それどころか他の花の邪魔にさえなるのだ。

しかし、どんな雑草も、よく見ると、花が小さいわりに葉の付き方が変わっていたり、それぞれの雑草もそれなりに「努力」していて、「かわいい」ものなのである。のちに私は、親子そろって園芸植物家で有名な桜井元、桜井廉さんの家に行くことになるが、世田谷の上野毛にある三百坪ほどの自宅の庭は、それこそ「雑草」だらけであった。実に味のあるしかも珍しい「雑草」が無数に生えていて、しかもほったらかしにしてあるのである。これこそ本当のナチュラリストだと私は思った。その三百坪の庭の中をさまざまな野草を探索しながら、一歩、一歩歩くことの楽しさはひとしおであった。庭の広さの何倍もの広さを感じるのである。町で売っているような野草も、すぐに引っこ抜かれてしまう雑草も、みんな同じ草には違いない。

学生時代には、尾瀬や上高地をはじめ、穂高、乗鞍、谷川、東北の那須や一切経といった中級の山にも数多く登ったが、その大半は、有名な山をひとつひとつ登るという征服欲よりも、植物や花に対する関心によるものが大きかった。若いときよりも歳をとるにしたがって、山そのものよりも植物に対する興味の方が増していったと思う。

季節がいいと、山ではたくさんの野草や花を見ることができる。珍しい花、初めて見る花、久しぶりに見る花など、さまざまな発見は驚きの連続である。

小学校のときに図鑑のなかで見た花の実物を、初めて見たときの感激もひとしおである。何十年たっても小学校時代に見た図鑑の絵と名前を、はっきりと思いだすから不思議だ。小学生の純粋な感受性と、頭の中がまだ白紙の状態の時期の、知識の吸収と感性の育成がいかに大事か、が今になって分かる。

言うまでもないことだが、本当に深い山に入ると、山道を歩いていても、何時間も、時には半日も一日も、人に会わないことがある。すると、人間は本来、自然界のなかの一個の動物であることを自覚させられるところがある。人里から遠のくほどそうした感じは強くなる。人口密度の高い我々日本人は、日頃は大勢の人の中で社会生活をしているから、こうした「周囲何キロにもわたって人のいない体験」は必要なことだ。こうしたとき山道で人にすれ違ったりすると、知らない人でも挨拶をする。

山の中は人間に接触しないですむ。人に対して気配りをする必要がない。反面、孤独でもあるから、よけいまわりの自然に対して敏感になってくる。観察力が鋭くなる。もちろん突然鳥が飛び立ったり、動物が出てくるということもあるが、私の場合は、何か自分の知った植物に会えるのではないか、あるいは私のまったく知らない「新しい草花」があるのではないか、またいつかどこかで見た花が咲いているのではないかと、期待する。それが実現したときの喜びは大きい。大袈裟なようだが本当である。このときめきが、さらに山奥に、知らない山や草原に人をかき立てるのだ。

戦前に日本語の教育を受け、『万葉集』や『古今集』、『新古今集』などを学んだ経験のある台湾の呉建堂さんから次のような短歌を習った。彼は、戦後ずっと台北で短歌の同人誌を発行して『台湾万葉集』を編纂した人だ。

いつの世よりおい継ぎ来にし葛の花この山道に花をこぼして

四賀光子の歌である。

この歌を聞いたとき、本当にそうだと思った。山歩きをした人なら、それもひとりで、このような光景に出くわしたことがあるはずである。そして、「いつの時代から、この花は、ここで花をこぼしては命を引き継ぎ、こうして現代まで生き継いできたのだろう」と思う。いい歌である。本当に自分の長い間思っていたことを、言葉に変えて言ってもらった、そういう感じがした。彼女の歌には、ほかにもそうした時間に対する思いと深い洞察力がある。

あるとき、植物の好きな友人にこの歌を聞かせた。「いつの世よりおい継ぎ来にし葛の花この山道に花をこぼして」どうだ、いい歌だろう。そう自慢したかったのである。

葛の花でなくてもこういった経験は、よくあるだろう。花は何世代も生まれ変わっているのに、同じ花を見て、かつて別のところで見た花と同じ花だと思う。そして一瞬、その過去のその花を見た「そのとき」に自分が引き戻されてしまうことが——。しかも過去のそのときの、自分の置かれていた立場を思い出したり、またそのときの感情をも蘇らせてくれたりする。瞬時にタイムスリップさせられるのだ。

しかし、その四賀光子の歌を聞いた友人は、瞬時にこう言い返した。

「ああ、その歌なら元歌があります。釈超空、つまり折口信夫の歌で、

葛の花踏みしだかれて色新しこの山道を行きし人あり

と言うんです」

う〜ん、と私は絶句した。

これもなかなかいい歌である。しかも状況も似かよっている。

元歌かどうかは別にしても、瞬時にこの歌を出して、私に言い返したところが憎い。私は完全に一本取られたと思いながらも、嬉しくなった。その友人が、花の心というより、花が好きな人間の心も、そして歌もわかる人間だったからである。

折口信夫のこの歌はかなり有名で、私もどこかで聞いたことがある歌だったが、後にいろいろ調べてみると、この「葛の花」は「一体どこに咲いていた葛か」と論争になっているらしい。

余談であるが面白い話なのでちょっと説明する。もともとこの葛の花の歌は、折口信夫の処女歌集として、大正十四年五月に改造社より発行された『海やまのあひだ』の巻頭の歌である。

「歌のもとの形が出来たのは大正十年、壱岐の島でのことであった。この年、折口三十五歳、七・八月と続いて琉球旅行の帰途、博多から壱岐に渡った」、と折口はのちに「自歌自註」(『折口信夫全集』第二十六巻昭和三十一年)の中でも述べている。それでその後ずっとこの歌は壱岐でつくられたとして有名になった。壱岐では歌碑まで造られていて、島の唯一の観光スポットになった。

ところが、文芸評論家の山本健吉が、昭和四十三年一月に出版された『新潮日本文学小辞典』の中、折口信夫の項目のところで、「あれは壱岐島ではなく、本当は熊野古道である」と書いたのである。なぜなら、「葛の歌」が最初に発表されたのは、処女歌集『海やまのあひだ』ではなく、雑誌『日光』で、この中の「奥熊野」と題した歌群の中にあるからである。これが大正十三年十月号であった。歌集が出たときより七カ月早い。

それ以降、翌年の『日本の詩歌』第十一巻、昭和四十六年の『日本近代文学体系』などの全集物では、すべて「葛の花」は「奥熊野である」ということになった。

これに対して、壱岐出身の人から山本健吉に反論が寄せられたらしい。その中のひとりが山口麻太郎という人で、『西日本新聞』の山本健吉の連載随筆「『葛の花』の歌」に対しての反論だった（昭和四十七年七月二十日連載随筆「猿《さる》の椅子《こしかけ》」の一文に対する質問の形で、八月八日に「葛の花の歌の地理」と題して）。

雑誌『日光』を奥熊野の根拠とされるが、実はその一カ月後、つまり大正十三年十一月に雑誌『改造』では、釈超空自身がこんどは「島山」と題して「葛の花」を十一首の巻頭に発表し、「壱岐にて」といっている。わずか一カ月後である。これはどう説明するのか――と。

これに対して、山本健吉は理屈では二説あり、どちらでもいいが、私は心情的には奥熊野を取る――、などなど、話は決着がつかなかったようだ。

これらの一連の諸説については、地元の壱岐新聞記者、およびその後、壱岐郷土博物館館長や郷ノ浦町立図書館長をされた横山順さんという人が、「葛の花」「折口信夫と壱岐」などの文を壱岐文化協会誌『春一番』に連載された。ネットでは、横山順さんの壱岐高校時代の同級生が、横山さんの許可を得て転載されている。

少し横道にそれたが、繰り返して言うと四賀光子の「いつの世より追い継ぎ来にし葛の花この山道に花をこぼして」という歌は、花が好きな、いつもまわりの花を気にしている、ちょっとキザに言うと、花とともに人生を歩んでいる者にとっては、まことに含蓄のあるいい歌である。

同じような内容で中国の漢詩となると、有名な「洛陽城東桃李の花飛び来たり飛び去って誰か家にか落つる」で始まる劉希夷の「白頭を悲しむ翁に代はりて」という歌であろうか。

今年花落ちて顔色改まり
明年花開きて復た誰か在る
己に見る松柏のくだかれて薪となるを
更に聞く桑田の変じて海となるを
古人復た洛城の東に無く
今人還た対す落花の風
年年歳歳花相似たり

歳歳年年人同じからず

一見、同じような歌であるが、実際は両者の立場というか詩や歌を読む「位置」がずいぶん違うように思う。かたや、四賀光子の歌は、人間から見て花の輪廻を思い、そこに年月の過ぎ行くさまを感じているが、劉希夷の方は、むしろ花は変わらないものとして、人が変わり老いてゆくことに時間の経過を感じているのである。主観的なものの見方と、宇宙の法則として客観的に人間を見ているのとの大きな違いがあり、これが日本人と中国人の大きな差ではないだろうか。

もうひとつ言うと、浅学な私は、折口信夫を調べていてその処女歌集が『海やまのあひだ』だというのを初めて知った。私も自分の故郷を、「山と海の狭間」であると思ってきたのでこれは偶然の一致だと思った。また、目の前の瀬戸の島々も、島というより「山島」という表現がぴったりだと思っていたが、『改造』に載せた折口の歌のくくりが「島山」と題していたことにも驚いた（私自身そういうエッセイも書いている）。考えてみれば私の幼年時代から植物採集をした水源池にも、そのうしろの屏風のような北の山、灰ケ峰にも、葛は至る所にあった。壱岐や奥熊野だけでなく日本中、葛は多い。また、日本中、沈降海岸も至る所にあり、日本の島はみな島山で山島である。ちなみにこの島山という言葉は折口信夫の民俗学の恩師である柳田國男の造語だそうだ。故郷と花への思いは限りがない

22

土屋文明とふるさとの柿の木

歌人として名をなしても生涯帰れなかった故郷とは

私の実家のある広島の田舎から柿を送ってきた。すでに半分熟柿のようになっている。広島地方の柿は、もともと「西条柿」といってタテ型の細長い比較的大きな柿だ。しかし、本来はすべて渋柿。それで昔から、すべて「渋抜き」をして食べる。柿の渋を抜くことを、私の故郷では「柿をあわせる」と言い、その渋抜きした柿のことを「あわせ柿」と呼ぶ。

「あわせる」方法はいろいろあって、実際にわが家ではやってみたことはないのだが、子供のころからよく話に聞いている。

ひとつは、五右衛門風呂の下の方に水を入れて、中に棚をつくり渋柿をたくさん詰め込んでから、下から火をたいて何日か蒸す方法。

もうひとつは、柿のヘタの真ん中のところに錐状のもので穴をあけ、ヘタの部分を下にして、浅い皿に受け、酒を入れてヘタから酒がしみこむようにする方法。

これらの方法で「あわせ柿」を作るのは、柿の生産者である百姓なのか、あるいは柿を仕入れた八百屋なのか、はっきりは知らないが、店先に並ぶ西条柿は、すでにこれらいずれかの方法で「あわせたもの」である。これらはみな、渋が抜けて甘い。したがって、このような工程を経た柿は、硬くなく適当な柔らかさを持っていて、それはそれでとてもおいしい。また、大きくて立派。ただし、日持ちがしないのが欠点。

わが家の庭に生っている柿の「あわせ」に、弟が何度かトライしたが、いずれも完全には渋が抜けなかったという。だからこんど届いた柿は、八百屋で買ったものだ。送ってくる間に、さらに柔らかくなってしまった。

この西条柿は、近所の畑や、あちこちの庭に植わっているが、基本的にはみな渋柿だからそのままでは食べられない。しかし西条柿でなく、形の丸い柿は甘柿が多かった。中学生のころは、学校への行き帰りに、よその家の畑や、垣根の柿を取って食べるのがごく当たり前のようになっていた。ときどき怒鳴られると、わっと逃げたりするのだが、罪悪感はまったくなかった。おそらく盗られる方も、それほど我々のことを、「泥棒」だとは思っていなかったのに違いない。なり物はみんなのものだからだ。しかし、丸い柿も、ときとして渋柿だったりして、ひどい目に遭うことも多い。山の尾根や、谷や民家の間を通りながら、どこの家の柿は甘柿だというのを、我々はみんな知っていたのだ。

数年前、友達の病気見舞いの帰り、高崎の土屋文明記念文学館で、文明の遠い親戚の関根先生（元高校教師）から、文明の実家のいろいろな話を聞いた。その中で、その実家の庭にあった古い柿の木の話はとくに印象的だった。

土屋文明の実家は、畑が一反五畝、宅地は五百三十四坪だった。宅地は一般の百姓屋と同じくらいだが畑は極端に少ない。それに田んぼは全くない。これには理由があるが、かなり貧しい百姓だったと思われる。それで父親はおそらくよその農家の小作をやっていたらしい。それに祖母と母親は養蚕を。それを父親が商いにもしていた。庭に太い柿の木があった。

その柿の木は、結構大きいのに、まったく実がならない。あるとき、父親が役に立たないからといって、その木を切ろうとした。三分の一ほど斧を入れたところで祖母が帰り、驚いて切るのをやめさせた。たとえ実がならなくても家にはなり物の木が必要なのだと。それに屋敷の木は切ってはならないと。

ところがその柿の木は、幹を三分の一も切られたにもかかわらず、枯れなかった。それどころか、いままで肥料をやったり、水をやったり、どんなことをしてもならなかった柿の実が、その次の年からなんとたくさんなり始めたのだという。それも他家の木と同じように隔年おきに、枝もたわわに実る。みんな驚いた。幹を切るという刺激が、却ってその柿をよみがえらせたのだろう。近所の人たちも驚いて、自分の家の木も、三分の一切ったりしたが、必ずしもうまくいかなかったという。

土屋文明は、その想い出の柿の木のある故郷の実家を出てから長野県の諏訪、松本で教員をし、その後歌人となって長い間東京で暮らした。しかし、彼がアララギ派の文学者となっても、故郷には二度と帰ることはなかったという。

というのは、土屋家にはぬぐいきれない不名誉な歴史があったのである。柿の木を切るのをやめさせた祖母の連れ合い、つまり祖父が、賭博にのめり込み、大きな穴をあけ、挙げ句の果てに盗賊団に入って土蔵破りをしたのだ。言うまでもなく、このあたりは上州の空っ風と国定忠治の出身地。明治になったとはいえ、まだまだ人々の心には、渡世ものの血が流れていた。祖父は、お縄を頂戴して、最果ての蝦夷・北海道の牢獄に流された。しかもそこで獄死をしている。もっとも善意に解釈すれば、当時、明治政府ができてから日も浅く、地租改正が行なわれ、土地の税金が高く、しかもお金で払わなければならなくなった。そのため、全国で農民が反対の一揆を起こした。文明の祖父もそうした影響を受けたのかも知れない。土蔵破りの一味に加担したのも無理からぬことだったかも。

ともあれ、世間の狭い田舎のこと。「土蔵破り」は家族や、親戚にとって後々までもムラの噂に上る。家族はいつも後ろ指をさされた。「道を歩く人が怖かった」と、のちに文明は漏らしている。つまり、世間体が悪く道をおおっぴらに歩けなかった。

東京で名を成しても、文明は、故郷には帰らなかった。故郷を恋しく思う歌を文明はたくさん残している。

青き上に榛名をとわのまぼろしに出でて帰らぬ我のみにあらじ

ふるさとの盆も今宵は済みぬらんあわれさまざまに人は過ぎにし

土屋文明記念文学館のすぐ横に、古代の大きな前方後円墳がある。その上に立って北を見ると、広々とした関東平野の北に、榛名山の峰々を真ん中にして、右に赤城山塊、そして左には、起伏の激しい妙義山が見える。大空の下、雄大な眺めである。文明はその青い空の下の榛名山を思い出していたのであろう。

父の代より入りくめる金のいきさつに帰る日なけむあわれ故さと

文明が大学を出るころに、父親はついに行き詰まって、農地を含め家屋敷をすべて売り払っている。文明は帰る家もなくなったのである。

ふるさとのわが家の庭にははは き草かたまり生えて春ふかからむ

故郷を恋ふる歌は限りない。この数々の故郷の歌で、歌人土屋文明を高く評価する人もいるくらいだ。

文明は生涯二度と故郷の土は踏まなかった。後ろ指をさされるのが怖かったからである。私の出会った中国の内モンゴル人で、反革命で終戦から三十四年間、収容所、労働改造所、青海省の沙漠に放逐されていた人がいた。そのような過酷な体験をしてもなお、彼をして生き続けさせたのは、ひとえに「自分は罪人ではない」という信念と、そのことを故郷に帰って故郷の自分を知る人たちに知らしめる——その執念で彼は生き抜いた（拙著『草原のラーゲリ』文藝春秋社)。

「故郷はすごい力を持っていますね」、あるとき一緒に旅をした養老孟司さんにそう言ったら、「君ね、故郷は世間なんだよ」とすぐに言われた。確かにそうかもしれない、故郷は山や川だけでなく、世間なのだ。その世間のために人間は、死の縁から立ち上がったり、また名誉の死を選んだりする。

土屋は四十歳になったとき、北海道は札幌の北、空知のさらに北の樺戸に行き、同じ四十歳で獄死した祖父の弔いをしている。地元の僧を呼んで読経をしてもらった。

うららかなる野道を自転車にて来る僧にここに果てにし人の名をいう

「文明はね、生涯、故郷に帰らなかったと言っていますが、本当は一度こっそりと帰っているんですよ」と、前にも述べた、遠い親戚の関根先生はいう。

文明の父親が大正の初めに、すべて売り払った屋敷の、そのあとに住んでいた人の話として、次のようなことを伝えている。ある日の夕方、薄暗くなってから、気がつくと、立派な服を来た知らない人が屋敷の端の方にいて驚いた。その初老の人はじっと庭の柿の木の傍にたたずみ、しばらく幹を撫でたり、また見上げたりしていた。遠くからこっそりと様子を窺っていると、なんとその人は目に涙をいっぱい浮かべて泣いていたんですよ。その人こそ、土屋文明に違いないと。やがてその男は、近くに待たせていた立派な車に乗って帰って行ったと。

有名人になっていた土屋が、実は人知れず実家の跡に帰っていたのだ。そして柿の木を見て泣いた。父親が切りかけた柿だ。

群馬県高崎市保渡田町、ふたつの山を持つ古墳の傍の県立土屋文明記念文学館。そこに文明が生前住んでいた東京の南青山の家が庭ごとそっくり移築されている。庭の植木もすべてそのまま移された。その庭の南西の隅に柿の木が一本植えられている。

23

柚子の木の夢

残り少ない人生なのに、返してもらいたい騙された七年の歳月

なけなしの貯金と、退職金をはたいて、四十年以上たった建て売りのボロ家を放棄して家を建てた。狭い庭をつくって、これからは残された余生を細々と庭いじりをしながら暮らそうと思ったのである。ところが庭用に残した狭い土地は、石ころばかりの土で、とても植木や野菜など植えられない。もともとその敷地は、大地主の庭の一部で、茶室もあったという邸宅だから、本来は緑豊かで土地も肥えているはずであった（その大邸宅の地主の一軒家は、今は、二軒のアパートと、車が十二台はゆうに入る駐車場、それに個人住宅がなんと五軒分になった。そのうちの一軒がわが家である）。

なぜ、石ころだらけの土になったかと考えると、家を建てるときに黒土を掘り返し、どこかに持って行って、今度埋め戻すときは、別の工事現場の石ころだらけの土を持って来たのである。新たに黒土を入れるのを見積もってもらったら、十万円だという。即、断った。同じ業者だから、もともとこの土地にあった黒土は、どこかに持って行って売ったのに違いない。長年、茶室であった場所の周辺の腐葉土である。その黒土の代わりにわが家に持ってきた工事現場の土は、廃棄物としてお金を取って引き受けたらしいから、業者は、二重取りである。戦後復興してきた産業界で、土建業者だけが、最後まで倫理観がない。

庭の石は並の量ではなく、土というより石が半分近くあったから。その石を少しずつ取り除き、硬い土の固まりをほぐしたり、あるいはセメントとか、壁土のようなものもあったが、辛抱強く耕した。ほんのわずか、豆を植えながら、なんとか石を取り除くのに、三年はかかった。豆は、畑としての土壌ができていなくても育つ。開拓地などでも最初は豆を二、三年植えるのである。さらにとった雑草を埋め込んだり、生ゴミを活けたり、買ってきた土も埋めてなんとか畑らしくした。

最初は木も一本もない庭だった。わずかに、門構えの横に一本、設計業者が植えてくれたのがあるくらい。後は、長野の親戚の兄弟が、細い果樹の苗木を数本持ってきてくれた。庭木の鑑賞より、実質的な実のなる木がいいと、私が言ったからである。

おかげで、杏、すもも、柿、梅、洋梨など、数だけは、狭い庭に苗木が揃った（将来を考えると、とてもこれだけの木が葉を伸ばす余地はないのだが）。

野菜畑も、少しずつ収穫できるようになったが、その多くは芽が出なかったり、出ても、いっぺんに虫にやられたりして、素人ではなかなかうまくいかない。

毎日、庭いじりも一段落すると、散歩である。この散歩が結構楽しい。なぜならいろいろ実益があるからである。わが家の近所も、アパートや、わが家同様ペンシル住宅が多いのであるが、中には古くからあるお屋敷もたくさんあって、さまざまな木が植わっている。それらの木の葉や花を季節季節に見て歩くのである。桜、梅、それに多いのはスダジイである。柿の木もある。スダジイは植木として植えられたのだが、みな一様に大きくて古い。近所の古老に聞くと、井の頭線が昭和八年（一九三三年）に引かれたとき、この辺りを住宅地として分譲し、そのころに建てた家は、どこも一様にスダジイを植えたのだという。確かにみな大きくて古いわけだ。世代が変わり、宅地が再分割されたときに切られたものも多いだろうが、所々に残っている。

梅が咲き、椿が咲き、桜が咲くころになると忙しい。あちこちの桜を見て歩かねばならないからだ。桜もソメイヨシノだけではなく、さまざまな里桜もある。特に、八重桜は見事なものが多い。何年か見て歩くうちに、「一葉《いちよう》」や「関山《かんざん》」「普賢像《ふげんぞう》」、また花びらが薄緑の「鬱金《うこん》」などが、どこの家にあり、いつごろ咲くかが分かるようになってきた。

桜が終わると、いよいよ梅の実の熟するころだ。私はますます忙しくなる。というのはよその家の梅の実をいただいて歩くのである。前にも書いたように、田舎育ちの私は、中学校帰りに、ビワの実をとったり、無花果をとったり、あるいは柿をとって食べるのが常だった。とられても誰も怒ったりしないのである。それが当たり前のようになっていた。

特に畑の中の柿は誰のものでもないと、いや多くの田舎の中学生は思っていた。

それで、東京に話をもどすと、最近は、それぞれのお屋敷に、春は梅、秋は柿の実がたくさん生っているのに、どの家も実をとらないで放ったらかしにしている。残念なこと、いや幸せなことにである。この熟した梅が立派な塀や垣根の外にはみ出して、ぽろぽろ落ちている。誰も拾わない。もったいない。そこで私の出番となる。何でもそうだが、梅の実も一度に熟さないで、少しずつ熟れる。だからたいていの人は、少しずつ採っては貯めておき、また熟れるのを待つ——ということを最近の人はしない。面倒くさいのである。それに時間がかかる。そのうえ、近頃の人は、梅漬けを食べない、だから漬ける人も少ないのだ。どうしても入り用なら、スーパーで梅漬けを買った方が早いし、かつ粒揃いのいいものが買えるからである。

梅の実の熟するころは、散歩にもまた弾みが出てくる。朝も夜も散歩する。拾った梅は貯めておいて、カリカリ梅にする。ジャムにする。梅のサラダ・ドレッシングにする。なかなかいいのだ。何年かするうちにジャムづくりはうまくなった。

私の得意なジャムは、わが家にできるジューンベリーのジャムだ。設計業者が門扉を造るとき、傍に植えていったもの。花も実も楽しめると薦めてくれた。桜の仲間のバラ科。和名をアメリカザイフリボクという。ソメイヨシノに少し遅れて咲き、やや細めの、白い花びらが、細い枝に無数に付く。花はあくまで地味。繊細だが可憐、たくさん咲くとなかなかきれいである。最近は流行っていると見え、ときどき新しい家の庭で見かけるから植木屋が薦めているのかもしれない。それまで私はまったく知らなかった。だから偶然に植えられたものである。

ジューンと言えば、六月である。四月に白い花が咲き、六月に熟れるからこうした名前がついたのだろう。「六月に結婚したら幸せになれる」と言って、六月に結婚したのに、四十六歳の若さで死んでしまった家内が、偶然に設計家が玄関に植えてくれたこの木を、彼女はなんと思っているだろうかと思う。

この和名、アメリカザイフリボクが、五月の中頃に赤黒く熟しはじめる。実はサクランボより遥かに小さい。それも、一度に熟れてくれない。毎日少しずつだ。だから毎日熟れた実から採らなくてはならない。これが大変である。

ところがである。この小さな実を近所にいる六羽ほどの雀が、毎朝七時に食べに来る。しかも始末の悪いことに、雀は、熟れた実を一口くわえては、汁を吸い、また別の実をくわえる。つまり歯形、いやくちばし型の痕を小さな実に残してつぎつぎにくわえるのだ。ひとつの実をすべて食べるのならまだ許せるが、本当に無駄な食べ方、蜜の吸い方をして、たくさんの実を傷つける。これは許せない。その点、ヒヨドリは一粒ずつ丸飲みをするからある程度食べるとおなかが一杯になり、去っていく。この方は無駄がない。しかし、雀は許せない。芽が出た野菜の苗もついばむ。舌切り雀の童話があるように、昔から雀は人から憎まれていたのだ。考えてみれば、桜の花を、花の根もとである萼頭のところに食いつき、蜜を吸って、花ごと落としてしまうのも雀である。最近は各地でこれを見かける。寿命がきて花びらが散るのではなく、まだ咲いている花を、次々に落としてしまう。これも本当に迷惑な話だ。その点ヒヨドリは、からだが大きいにもかかわらず、桜の花にくちばしを突っ込んで、蜜だけを吸う。こちらもヒヨドリの方がお行儀がいい。とにかく雀は始末が悪いのだ。

この六羽の雀は、身元が判っている。わが家の前の電信柱の上にあるトランスの、さらに上に付いているグレイの金属の配電盤に住んでいる。このボックスの下には四つの穴があいていて、電線がその穴から中に入っているのだが、電線は細いから隙間がある。そこから中に入り込み巣を作っているのだ。昨今は、瓦屋根の家が少なくなったから雀も住宅難だが、このトランスの上のボックスは電信柱ごとにある。次々に子供を産んで巣立ち、新たなるボックスに新家庭をつくっている。ついでにいうと、昔は瓦屋根を拭くのに、練った土（赤土など）を屋根に盛って、その上に瓦を置き、固定したものだが、昨今は瓦を横木の桟に引っかけたり、釘で留めたり、あるいは針金で補強したりして、軒先はモルタルに塗り込めるので、なかなか雀が巣を作る隙間がない。練った土の場合は、淵の漆喰や上塗りが乾いたり、古くなると、雀が簡単に赤土に穴を掘ることができるのだ。したがっていたるところに巣がつくれた。今はトランスの上のボックスがその代わりになっている。電信柱をよく注意して見ていると、いろいろなことが分かる。

さて、ジューンベリーが熟れるころになると、私は早起きをして、熟れた実を採る。深底の籠に紐をつけ、首からぶら下げて両手で採った実をすぐに入れられるようにする。高い脚立を立ててその上に登り、黒ずんだ赤い実だけを採る。ちょっと遅くなると、雀が来るので、朝は早起きをしなければならない。実は一日の間でもどんどん熟れていくので、最盛期は夕方も採る。そうしないと、暗くなる前に、雀たちが来て端からかじるからだ。無残にも、歯形の付いた、かじられた実がたくさんぶら下がっているのは、気分のいいものではない。そのため、空き缶を数個ぶら下げて、紐をつけ、家の中から引っ張ってガラガラと追い払ったりすることも工夫した。また最盛期にはひっきりなしに雀が飛んでくるので、高さ五メートルほどの木全体に網をかけたことも。それでも雀は網をかいくぐってくる。とにかく追っかけっこなのだ。

採った実はすぐに冷凍庫に入れて凍らせ、全部とり終わるまで十日間ほど貯蔵する。全部採り終わってから、凍った実を取り出し、水洗いして、煮込む。前は煮込んだ後、すぐに裏ごしをしていたのだが、これがたいへんな作業である。小さな実の中に、これまた小さな胡麻粒ほどの種が無数に入っているからである。しゃもじで、裏ごしをするのには、とても力と時間、そして根気がいる。それで、何年かするうちに、煮た後で、軽くミキサーにかけ、実の皮を破り、かつ、たくさんの細かい種をほぐすことを思いついた。そうすると裏ごしが楽になった。そうしたあとでレモン汁をたっぷりと、砂糖を控えめに入れる。何事もそうだが、果物というのは、酸味がないとよくない。ただ甘いだけになる。レモン汁をふんだんに入れるといいジャムになるのだ。

苦労してつくったジャムは、格別のものだ。なにしろ、手間と時間がかかっている。大きな瓶と、小さな瓶に分けて入れ、これを再び湯にかけて、瓶の煮沸消毒と同じく湯の中で消毒した金属の蓋をしてお湯から揚げる。しばらくすると瓶内の空気が収縮してポンと音がして、蓋が中に引っ込む。こうしておけば、何カ月でもモツ。一年くらいは平気だ。

私は、朝、自家製のパンを食べるから毎朝のお供になる。風味があって、なかなかいい。ただし毎日食べるのは飽きるから、他のジャムも欲しくなるのだが——。

ところで、家を建ててから三年目の春、私は近所の梅祭りの会場で、柚子の木の苗木を買った。毎年、二月の初めから、近所の古くからある梅の丘で梅祭りがあり、真ん中の広場に仮設の舞台ができ、さまざまな素人演芸や歌などの出し物のほか、句会、また周辺の町会がそれぞれ食べ物や、飲み物などの売店を出し、植木屋も四、五軒出る。

苗木には「本柚子」という手書きの名札が付いていて、確かに黄色い実がなった写真さえついていた。縁日や、祭りごとに出店する植木屋は、値段が高いのは知っていたが、私は「梅祭りで買ったこと」にこだわった。なぜかといえば、いつでも買えるホームセンターの苗木屋で買うより遥かに意義があるからである。拙著『紫の花伝書』でも引用したが、画家辻永《つじひさし》（明治十七年生まれ）が『園芸手帳』に書いた「花の経路」というエッセイがある。辻は、東京美術学校を出て後、日本芸術院会員、日展理事長、文化功労者。彼には、昭和五年から昭和八年にかけて発刊された『萬花譜』全十二巻という、当時としては珍しい花のカラー大図鑑がある。

その彼の書いた「花の経路」（昭和二十七年）に次のような一説がある。

――私（辻永）が興味があるのは、その植物が原産地からどのような経路で来たかということである。（中略）単にわが家の花がどういう経路で咲いているかを思っても、私には自ら、また別な愛情がわいてくる。その花のひとつひとつのわが家への由来にしたがって、愛撫の念はまた自ら違うのである――と。

そのあと、辻がアカンサス・モリスを天現寺の民家から手に入れ損なったいきさつと、その後、長崎で手に入れ、延々と東京までかかえて持って帰ったときのエピソードが書いてある。単に金で買ったのでは、興味が半減するという話だ。その後、何十年のあいだアカンサス・モリスは辻永の家で咲き続け、そのたびに辻は長崎の古い街を思い出すという。それは、我々だって、人に花を紹介するときに、「この花は誰にもらった」だとか、「どうしたときに手に入れたものだ」とかを、無意識のうちに話しているのをみても同じことが言えよう。

植物集めの好きな辻の仲間の満鉄総裁、林博太郎（伯爵）も、満洲の変わった植物を、金で集めればいとたやすいであろうが、彼は自ら奉天や、大連の山に登って、あるときは、駕籠屋まで雇って登っているのである。そして自ら植物採集をした。満洲産の「クロバナオダマキ」はこのようにしてもたらされたらしい。また林博太郎は、花だいこん（諸葛菜）を日本に持って帰った五人のうちのひとりでもある（『園芸手帳』には林の手記もたくさん載っている）。

「人にとって、花の経路がどんなに大切か」という辻永のこうした言葉は、長年花と関わってきた人だけが言える、人と植物との関わりの機微を教えて、けだし至言である。

そういったわけで、私はわざわざ、近所の梅祭りで手に入れた「本柚子」の苗木を庭に植えた。七年前のことである。

狭いわが家の庭の一番日当たりのいいところ。常緑樹の柚子をここに植えると、始終、葉が茂り、その後ろには他のものが植えられなくなり、多分に犠牲の多いところであるが、柚子を最優先した。長年わが家に柚子の木が欲しかったからである。

私の世代は、終戦後の食料難はともかく、レモンをはじめて見たのはおそらく中学校のときだったと思う。田舎の八百屋にレモンが売りに出され、不思議な形をした、体にいいビタミンCを多く含むレモン。熱いお湯でつくったレモネードを最初に飲んだときは嬉しかった。それからもレモンはあらゆるところに登場した。輪切りにして、女性の顔につけると美容にいいとか、贅沢な人は風呂に入れるとか、美と健康の象徴のようにあつかわれ、さまざまなコマーシャルにも、イメージアップのために登場したのである。清涼飲料水からお菓子、飴に至るまで、あらゆるものにレモンが使われ、かつシンボル化された。レモンちゃんというタレントまで現われて、話題になった。しかし、レモンは暖かい地方しか育たなく、栽培農家は少なかった。レモンの木を温室で育てるのはかなり大きな温室でなくてはならず、業者はともかく一般家庭では不可能であった。

それで、わが家では、レモンの代わりに柚子をつかった。もちろん柚子はそれまでにも、古くからお吸い物とか、煮物、日本食の隠し味など用途は広く、西日本の古い家では、だいだいや夏みかんと同じように庭に植えられていた。古い家の追手《おうて》（土づくりの塀）からこの黄色い夏みかんや、柚子が覗いているのは冬の風景としても一般的であった。しかし私の実家は古い家でも、由緒ある家でもなかったので、追手に柚子の木はなかったのである。だが八百屋には柚子はたくさん売っていた。この柚子を、ホットレモン代わりに使うのである。

柚子はまた、レモンとは違った風味があり、それはそれでおいしかった。そういった若いころのことを思い出して、私は停年後に家を建てた後、狭い庭に柚子をどうしても植えたかったのである。その待望の柚子を、私は「梅祭り」に毎年出る植木市から手に入れたのだ。少しオーバーだが、それにしても長い間の夢であった。

「桃栗三年、柿八年、柚子、だいだい十三年」といわれているように、柑橘類はなかなか実がならない。私は子供のころからこの歌はよく知っていたから、辛抱強く柚子の実がなるのを待った。木の回りの下草をとったり、逆に枯れた草を盛ったり、あるいは化成肥料も、固形をやったり、液体をやったり、ずいぶん大事に育てた。三年目に不規則に伸びたシュートのような枝を切り、庭に合わせて背丈が二メートル半のところで頭を抑えた。白い蜜柑のような花がいくつか咲いたが（数えるばかりしか咲かない）、実はならなかった。

そしてついに、七年目にして初めて実がなった。それも一度に二十個は下らない数が。緑の葉のあいだに、黄色い、テニスボールを一回り小さくしたような実が二十個、正月を迎える浅い冬の日差しの中で照り映えた。ついに実った。夢が実現したのである。確かに、草木も枯れた冬のさなかに、緑の葉の中に鈴なりとはいかないまでも、たくさんの黄色い実がなっているのは美しい。古来、柚子や橙《だいだい》を表の庭に植えるのが分かるような気がした。

いつ収穫するか。いろいろ考えて、さまざまな本を見たりして、二月の上旬と決定。その日を待った。

ところが、一月下旬になってから、あることに気づいた。ヒヨドリが頻繁に柚子の木に来ているのである。それも、柚子の木の、枝のたくさん繁っている葉の中に入っているため、なかなか気づかなかった。そこでよく観察していると、なんと柚子の実を盛んに食べているのである。人間でも実の中身を直接食べるのは酸っぱくてかなり抵抗があるのに、鳥は大丈夫なのだろうか。

ヒヨ（我々の田舎ではヒヨドリのことをヒヨと呼ぶ）はまず、ひとつの狙いを定めた柚子の実に嘴で直径一センチほどの穴をあけ、その穴を突破口にして、中の果肉を食べながら、次第に穴を三センチ、四センチと拡大して、中身をつつく。次の日も、また次の日も来ては続きを食べる。そして最後は、実の付いているヘタにあたる部分の周辺の皮だけを残して、一個丸ごとたべてしまう。ヒヨはしばしば三羽がいっぺんに来て、一度に二羽がひとつに代わり番こに口先をツッコンだり、また一羽が食べているあいだは、他の二羽が傍で待っている場合も。なかなか行儀がいい。一個の柚子を食べるのにおそらく三日か、四日かかる。しかも、わずかな皮を残して、ひとつを完全に食べ終わるまで他の柚子には、手を出さないのだ。これには感心した。一個終わるとまた次の柚子に穴を開ける。ヒヨドリは紳士である。

新発見はまだ続いた。ある日、ヒヨがひとしきり柚子を食べ、飛び去ると、間髪を入れずメジロが来るのだ。やはり三羽。そして、ヒヨが食べたあと、つまり柚子の固い皮に穴を開けてくれたあと、果肉が出たところを、メジロがついばむ。メジロはヒヨの行動をよく見ていて、ヒヨが逃げると、瞬時に来るから不思議だ。一体どこにいたのだろうと思う。メジロはもともと柑橘類が好きで、昨年までは、冬の一番寒いときにときどき蜜柑を半分に切って庭に置いておくとよくやって来た。それに気がついてヒヨも来るようになった。そのときは逆である。ヒヨとメジロは助け合って暮らしているのではないかと思われるのだ。ヒヨとメジロはわが家の山茶花にも来る。ヒヨは山茶花の、濃いピンクの花びらを一枚ずつ採っては、くわえ、かつ上を向いてむしゃむしゃ食べ、メジロは花に嘴を突っ込んで蜜を吸うのだろうか、あるいは花粉を食べるのだろうか、こちらも代わり番こに同じ花を食料にしている。共存共栄だ。

このようにして、わが家の柚子は取り入れと決めた日までに毎日少しずつ減っていったが、いざ取り入れのときは、私は容赦なく全部収穫した。十二個ぐらいはあった。そして早速、柚湯《ゆずゆ》にした。

ところが、この柚湯からは、一向にあの柚子の風味も、酸っぱさも感じられないのだ。いやそんなはずはないと、また一口飲んでみる。どうも違う。それでも私は半信半疑。こんな実もあるのかとか、なにかの間違いだと、また別の柚子を切ってお湯に入れてみるが、やっぱりおかしい。確かに柑橘類の仲間ではあるが、どうも様子がおかしいのだ。酸っぱいというより、甘い気もする。

わが家と親しい、近所の主婦に二個贈呈。するとすぐに「あれは柚子ではありませんよ」と翌日電話が入る。まるで私が騙したような口ぶりである。

また翌日は、今度はわが家の前の奥さんから「細川さん、あれはグレープフルーツじゃないの」とこれまた電話。こちらのお宅には三つ差し上げた。「近所の公園のところにある花屋で、同じような鉢植えの大きい苗木を売っていて、それには、グレープフルーツと名札がついていますよ」とのたまう。

私はすぐに、バイクをとばして、その植木屋に見に行く。一メートルほどの鉢植えがいくつか並んでいて、やはりクレープフルーツと書かれた名札がついている。二個ほどなっている実を見ると、確かにうちのと似ている。よくよく見ると、柚子に比べると、表面がやや黄色っぽくて、しかものっぺりしているようだ。柚子はもう少しオレンジ色で、実の外側が少しゴツゴツしているのではないか。それにしても、グレープフルーツというのは、私たちが八百屋で買ってくるものはもっと大きいはずだ。わが家のも、この花屋の苗木も、実がテニスボールより、一回りも二回りも小さい。このようなグレープフルーツもあるのだろうか——。

——やっぱり柚子ではないかもしれないが、グレープフルーツというのもにわかに信じがたい。もしこれが小型のクレープフルーツだとすると、私はグレープフルーツをお湯に溶かして、飲んでいたことになる。

花屋に行ってから、私はそう思いはじめた。それまでは、どうしても柚子としか考えられなかったからだ。疑うことすらしなかった。もうすっかり柚子だと思い込んでいたからである。思い込みが激しい分、ショックは大きい。

「うーん、あの梅祭りの植木屋に騙された」

そうする間にも、二月の一週目から、今年も梅祭りが始まった。丘の上の広場に舞台がつくられ、各町内会の焼きそばやラーメン、綿菓子や甘酒の出店のほかに、例によってかなりの面積を取って植木屋が四軒、店を出した。毎年同じような場所取りである。

梅祭りが始まってから一週間後に私は梅を見に行った。二月の一週目といっても、毎年、開花は遅く、翌週や翌々週でないと咲き揃わない。そのことは四十年来、よく知っている。例によって一番大きいスペースを取ってくだんの植木屋が出ている。毎年梅祭りに出す植木屋は決まっていて、七年前、柚子を買った見覚えのあるおやじである。

「実は――」と私は、わが家の柚子の話が喉元まで出ているのだが、なかなか言い出せない。いまさら言っても、という気持ちもあった。その日はそのまま帰った。わが家から梅祭りの会場までわずか五、六分の距離である。いつものことながら、私は一カ月近い会期中に、二、三回、会場に散歩に行く。そのたびに四つの植木屋をゆっくり覗いて回る。また近所の知人が、仮設舞台で歌を歌うので時間を見計らって応援に行く。わが町内会の出店で、うどんを食べ、甘酒を買って飲む。とにかく何度も行くのである。子供のころからお祭りが好きなのだ。

三回目に行ったとき、例の植木屋に勇気を出して声をかけた。

「おやじさん、毎年ここで店を出しているよね」

「ああ、毎年出しているよ。もうずっとだ」

とまず、私は何年も前から店を出していることを確認する。

「ワシは○○の駅前で店を持っているんだ。町会から頼まれて毎年ここに店を出している」

私が聞かないのに、主は自分の居所をしゃべった。悪い男ではなさそうである。これでもう身元が分かった。逃げられない――。

そこまで聞いておいてから、私はおもむろに話し始めた。

「いやあ、七年前の話だけどね。ここで柚子の苗木を買ったんですよ。そうして毎年大切に育てて、今年初めて実がなった。それもたくさん。ところが、おやじさん、それが柚子じゃあないんだ。近所の奥さんにあげたら、これはグレープフルーツだと言うんだ。いやぁがっかりしたよ」

私は、できるだけ穏やかに、角が立たないように話した。それでおやじの返答を待った。相手はどう出るか。その反応が楽しみだった。

「ええっ、柚子じゃあなかったんですか。そりゃあ、すまないことをしました」とか、あるいは「代わりに新しい柚子の苗を持っていきなせえ」とひょっとしたら言わないだろうか――。

一瞬沈黙が続いた。おやじはすぐには答えない。どう返答したらいいか考えているのだろう。ちょっと間を置いてから、やがておやじもゆっくり口を開いた。

「わしらだって卸から苗を買っているんでさあ。そのとき間違っていたんでしょう」

おやじの返答の口ぶりから、これは謝らないな、と私はすぐに思った。ヘタに謝ると、弁償しろという話になるのを見越してそう答えたのが分かった。さすが長年の商売人である。

「最初からグレープフルーツと分かっていて、柚子と名札をつけて売ったんじゃないの」

と私は言いたかったが、言わなかった。確かにクレープフルーツは捨てた種からでもすぐに芽が出るのだ。成長も早い。

「今年は柚子は持ってきていないし」とおやじは続けて言う。

「名札を間違えたんですかね」

私は、心とは裏腹に、おやじの気持ちを察して、思わず逆に助け船を出した。ここら辺が私の気の弱いところである。「同じ柑橘類同士で知らないあいだに交雑したのかも知れないよね」私はさらに付け加えた。それで話は終わった。おやじも、それ以上のことは言わない。

私だって、はじめから、弁償してくれと言うつもりもない。ただ言ってみたかっただけだ。私ももう歳である。今となれば過ぎ去った七年はけっして短い時間ではない。残された時間を考えると、今から新しい苗を買って、やり直す時間があるだろうかと思う。

同じ柑橘類同士で交雑したのかもしれない——というのは、まんざらでたらめでもない。戦後、さまざまな新しい柑橘類が誕生して、新しい商品として八百屋に並んでいるのはみな、さまざまな柑橘類の交配によるものだ。デコポンは今ではすっかり全国銘柄になったが、地方により特徴のあるものも多い。たとえば代表的なキヨミオレンジは、温州蜜柑と外国産のスィートオレンジの掛け合わせで、このキヨミオレンジをベースに、さらに次の掛け合わせが進んでいる。それによってたくさんの新柑橘類が商品化されているからである。善意に解釈すれば、わが家に誕生した「柚子もどき」は、育ての育苗業者さえ、知らない間に、柚子だと思って育てた苗木が、実はいつのまにか何かと交配して、柚子もどきになった可能性もあるのだ。自然界ではよくあることだ（実際には多くの苗木は接ぎ木をするのだが）。

交配といえば、わが家の菜の花もそうである。昨年実った菜の花の種から、どうも違う「野菜」が誕生するのである。しかも、いろいろな違った葉っぱだ。

しわしわの菜の花のようなものもあり、水菜のような鋸歯の深いものもあり、小松菜もどきのしゃもじのような葉もある。実は昨年、畝違いに、小蕪、小松菜、サラダだいこんなどと一緒に、菜の花と、花だいこん（諸葛菜）も植えていたので、同じアブラナ科同士、交雑したらしい。狭い畑である。もちろん明らかに昨年と同じ、菜の花というのも、ちらほらあるのだが、菜の花と思って植えた畝に、純粋な菜の花は何本もない。もちろん菜の花もふくめて、アブラナ科はすべて食べられるので、いろいろな「もどき」の葉を採って一緒に湯がいてオシタシにすると、これが悪くないのである。ひょっとしたら、すぐとなりに植えていたルッコラとも交配しているかもしれない（ルッコラもアブラナ科で、花も地味だが品があってきれいである）。種子を取るために、花が終わっても刈らないで、ずっと畑に置いていたのに――と思う。そのため畑が長い間占領されるから、そうでなくても狭い畑が有効活用できないのだ。これなら種子など採らなくて、毎年種を買った方がいいかもしれない。こんなことはプロの農家の人たちにとっては、おそらく初級の常識かもしれないが、素人は何年かやって初めて気づくことが多い。その後、誰かに聞いた話だが、純粋な種子を取るためにプロは花が咲く前から畑を仕切って、交雑しないよう隔離するのだそうである。

三日後のことである。「細川さん、柚子の木を切っちゃあだめですよ」と、最初に柚子をあげた近所の主婦から電話がかかってきた。わが家の柚子が、本当の柚子ではなく、「柚子もどき」と分かってから、私は残りのすべての「柚子もどき」の実を彼女にあげ、「もう、こんな木は切ってしまおう。今度は本物の柚子を、少し離れた大きな植木屋に行って買ってくる」と言ったからである。なにしろ一等地を占領しているから、新しく植えるのなら切らざるを得ない。今から植えても、何とか私が生きている間には、本物の柚子がなるだろう。いやそうあってほしいと思った。

ところがくだんの主婦が声を大きくして、「あれをジャムにすると、すごいいいジャムができた」というのである。あの、最初に「あれは柚子ではない」と忠告してきた主婦である。「ええっ、本当?」と私はまた、にわかには信じられない。もうすべて疑心暗鬼である。

そうこうしているあいだに、小さな瓶詰めの「柚子もどきジャム」が届いた。これをパンにつけて食べると――、悪くないのだ。「実そのものに、適当な甘さと酸味もあって、砂糖以外に何も入れる必要なく、皮ごと切って煮込めば、ジャムになる。こんなすばらしいモノはない」と、満面の笑顔で主婦はおっしゃる。なんという態度の変わりよう、君子豹変だ。

というわけで、わが家の「柚子もどき」は危うく伐採の危機から逃れることになった。

さらに、三日後、私がいつものように散歩に行き、いつもは入らない行き止まりの路地に入ったところ、建て売りの小さな家の玄関横で、ゴムボールより一回り小さい黄色い実が、鈴なりになっている木を見つけた。わが家の木より少し大きい。近づいてみると、実の表皮がつるつる。さらに色もやや薄黄色である。まさしく、わが家のものと同じ実だ。

「そうか、この家も柚子と思って買わされたのか」

私はにんまり微笑むと、道に落ちている実を一ついただいた。三寒四温の、ちょうど中の日、めずらしく暖かな日差しの中、私は軽やかな足どりで行き止まりを引き返し、狭い路地を出た。なぜか嬉しい。

24

レバノン杉の教訓

メソポタミア、エジプト、ギリシャ、ローマの古代文明を支えた樹

大正四年(一九一五年)に林学博士白沢保美が山東省曲阜《きょくふ》に行き、孔子廟の林から「楷の樹」の種子を持ち帰り、勤め先の目黒の林業試験場で芽を出させた。この実生から採った苗を、孔子廟のある全国の藩校に配ったことから、野生ではない楷の樹が日本に存在し、同時に、儒教や漢学のシンボルとして崇められ、また慕われてきた。このことはすでに書いた。その日本で初めて育った楷の樹を見に、目黒の「リンシの森」に行った。リンシとは林業試験場の「林試」のことで、その跡地を今は森の公園として公開している。世界中のさまざまな樹木がある。初代楷の樹を見て、事務所の職員から説明を聞いたあと、ひとりでいろ

いろな樹を見て回った。そして広い公園の一角で、偶然、レバノン杉の看板のついた大きな杉の樹を三本発見した。

「これがレバノン杉か」、私は声を出して見上げた。幹は一抱えもあり、高さは三十メートル以上あろう。立派な樹である。いかにも針葉樹らしい生い茂ったトゲ状の葉が、ふさふさと垂れ下がっている。その折り重なった葉の下がり具合が、やはり独特である。触ると意外と柔らかい。音に聞くレバノン杉を私は初めてみた。

レバノンの国旗の真ん中に描いてあるのがこのレバノン杉、お札にも印刷されている。この国のシンボルでもあるが、古代中近東においてはこの杉はなくてはならないものであった。材木としてだけでなく、その巨大さとともに姿かたち、また香り高い油を抽出するところからも、古来神としてさえたたえられ敬愛されてきた。たとえば、トルコのエフェソスにある月の女神、アルテミスの神殿の梁材が四千年たっても変質していないことは有名である。日本名を「香柏」という。

レバノン杉が、どれほどすばらしい樹であったか。古来この杉を獲得するためにどれだけの国が、国王が、英雄が、エネルギーを費やしたかを今から述べていこう（このことについては、東洋文化研究会の古いメンバーである金子民雄さんのお兄さん、金子史朗〔東京大学名誉教授〕さんが書いておられる『レバノン杉がたどった道——地中海文明からのメッセージ——』の第一章に詳しい）。

本来、建物の大きさは、柱の太さや高さより、梁や桁の材料の長さによって決まる。大きな建物を建てようとすると、強度のある梁の長いものが必要だ。古代地中海文明の国々における建物の梁や桁には木材が多い。石の梁は重く、かつ長いものは得られないから、たいていは木材を使用した。石を積み上げて、高い柱は造れるが、石の梁は途中で接ぐことができない。したがって石の梁の場合は、柱と柱の間を短くしなければならなかった。多くの神殿が柱間を狭く、林立させているのにはそうした理由がある。梁と桁を石にしたとしても、その上の屋根を葺くときは、垂木を乗せて屋根を葺くためやはり木材は必要である。それには何年たっても朽ちない頑丈な木材が欠かせない。

私が、石造りの神殿で屋根を葺く垂木を発見したのは、初めてローマに行ったときだった。長い間疑問に思っていたからローマのパンテオン神殿に行ったとき、入り口の林立する柱の間から、私は目を凝らして高くて暗い天井を見上げた。しばらくして目がなれてくると、思った通り、黒い太い材木が、垂木として、等間隔に並んでいるのを見ることができた。やはり木が使われていたのである。

西洋の「石の文明」と東洋の「木の文明」、両者を対比した文明論を何度も聞いてきたし、自分でもそういった考え方を展開したこともある。建築から人間のものの考え方まで、石と木の文明の違いを論じるのである。しかし厳密にいうと石の建築物にも木は多く使われていたのである。また東洋の文明である中国でも、建物の北側の柱は木の柱ではなく煉瓦でできた壁をつくり、その上に梁を渡す、石と木の折衷的な建築物もその後たくさん見た。

さて、紀元前四〇〇〇年から西暦の一〇〇〇年までの間、今のシリアのアレッポの南、シリア平原は、東西南北のさまざまな文明や強国の中心にあって、いわば十字路として栄えてきた。フェニキアもその一部である。いやそうだったがゆえにさまざまな軍隊が通りすぎて、盛衰を余儀なくされた。そのすぐ南に位置する小国レバノンもそうであるが、レバノンはまた別の理由で注目をされたのである。

レバノンは小さく、そして日本と同じ「山国」である。西は地中海に面し、海沿いにわずかな平野があるが、あとは山。国の真ん中を二本の背骨のように、レバノン山脈とアンチレバノン山脈が南北に走っている。この山脈のおかげで、冬の西からの季節風を受けて最高二千メートル以上という山脈の西側に雨が降る。降雨量は、年間七百ミリから千五百ミリという。内陸側のアンチレバノン山脈もその間のベガ谷も七百ミリは降るのである。

その山々はふもとから五百メートルまでは、樫、松、糸杉。千二百メートルまでは、落葉オーク、楡、トネリコ、楓など。そして千二百メートル以上にレバノン杉とモミ、ビャクシンなどが生える。

レバノン杉は高さ四十メートルにも達し、幹まわりも十メートル。樹齢二千年という巨木も少なくなかった。

このレバノン杉は、材質が固く緻密で、真っ直ぐな木目を持ち、また木材そのものから薫り高い芳香が出て、磨くと艶が出る。多くの人たちから称賛されたわけである。また木材からは香油が採れ、その油を香水の代わりに、あるいはエジプトでは、死者を葬るときのミイラ作りには欠かせない材料だった。

まずエジプトでは前四〇〇〇年の先王朝の時代から北のレバノン杉に目をつけていた。

古王国第四王朝のスネフェルの記録には（パレルモ石の碑文）、
○レバノン杉の材木を満載した四十隻の船団が到着した
○全長五十一メートルのレバノン杉の船が進水した
○王宮の扉をレバノン杉で作った（建物のさまざまな扉をレバノン杉で造ることは、それぞれの王様の権威の象徴だったらしい）

とある（前掲、金子史朗の著作による）。

以後、エジプトでは、歴代の王朝がレバノン杉の獲得を目指している。エジプトの軍事行動といえばレバノン出兵を意味しているとさえ言われた。トトメス三世の中近東出兵は十七回、貢品としてレバノン杉を受領している。また反対にレバノン杉を手に入れる代わりに、エジプトのお宝もまたレバノンに贈呈された。それが現在、レバノンの首都ベイルートの博物館にあるエジプトからの奉納品である。またユーフラテス河に出兵したときは、レバノン杉で作った船を使用した——などなどである。

一方、メソポタミアの方はどうであったかというと、チグリス、ユーフラテス河の流域で栄えたシュメール文明は、いくつかの都市国家をつくったが、中でも有名なのが、ウルクの城主であったギルガメッシュで、その王の英雄的、いや暴君とも言われている行動は、『ギルガメッシュ叙事詩』として有名である。そのギルガメッシュの英雄、冒険譚の中にレバノン杉が出てくるのである。

ギルガメッシュはウルクの暴君である。
エンキドウと対決するが、やがて和解、盟友となる。
ふたりは森の番人であるフンババを退治するために、レバノン杉の森をたどる。
フンババの首を切る（つまり森の封印が解かれることを意味する）。
凱旋したギルガメッシュを、イシュタルの女神が誘惑。
ギルガメッシュは拒絶。
女神が怒って差し向けた「天の牛」をエンキドウとともに殺す。
ギルガメッシュは病気になる。
天の牛を殺したエンキドウは神々の裁判を受け死刑となる。

ギルガメッシュは永遠の人ウトナピシュティムのもとへ。
ウトナピシュティムはギルガメッシュに、海の中の不老の植物を与える。
その不老の植物を、ギルガメッシュは故国への帰還の途中奪われてしまう。
ギルガメッシュは盟友エンキドウに会いに行く（つまり、太陽神にかかわりのある彼が黄泉の国に行くことは死ぬことを意味する）。

簡単に言うとこのようなストーリーだが、この叙事詩を矢島文夫氏（言語学者、オリエント学）は「不死の追求」と読み、前述の金子史朗さんは「チグリス、ユーフラテス河の両岸の人々の、レバノン杉への渇望であり、その入手のための勇気ある行動をした男の冒険譚」であるという。

レバノン杉はそののちも、ギリシャ、ローマ建築にも使用されるが、イスラエルの例を紹介しよう。

エジプトの勢力が一時衰えたとき、勢力を得たのはヘブライ人であった。言うまでもなくダビデ王とソロモン王の時代である。

このソロモン王が王宮や大建築を立てるために、レバノン杉を切り出したのである。その嘆願書とレバノンの首長とのやりとりが旧約聖書の『列王記』にふんだんに出てくる。木を切るために部下を何人差し出すとか、切った木を筏に組んで海上を運ぶとか、そのときの食料をどうするかなどさまざまなことが記録に残っている。ソロモン神殿の梁や棟のほか、天井の垂木をはじめ、床や建物の腰の羽目板、扉などあらゆるところに、レバノン杉は大量に使われた。それはソロモン王の勢力と名声そのものであった。レバノン山脈からレバノン杉を徹底的に切ったのはソロモン王だとも言える。

歴史はまだまだ続く。このあとあのローマ時代がやってくるのである。ハドリアヌス帝はローマ帝国の東の果てを、レバノン山脈のレバノン杉の残っているところまでとし、境界石を置いた。今その石のあるところには木は全くない。またユスティニアヌス帝は材木搬出の調査をした。

こうして、古来レバノンを取り巻くさまざまな国が、レバノン杉を切って、軍艦や建造物のためにそれを利用し、数千年にわたって盛衰を繰り返してきた。ある意味では、現在の石油資源のようなものではなかったかとも思えるほど。現代のレバノン国にはわずか十二カ所しか森は残っていない。本数も数えられるほどだという（ユネスコ世界遺産「ガディシャ渓谷」等に、わずか千二百本とも〔二〇〇四年〕）。

旧約聖書『エゼキエル書』には、レバノン杉をたたえる詩が多い。それらを切った人間たちを非難しているところもある。人間の愚かさを告発しているようでもある。

かつて私は中国の内モンゴルのある地方の植生や、河の移動を調べていたことがあり、古い地図を渉猟した。その中に、日本の僧が持ち帰った南宋の末に作られた「輿地図拓石」というのがあり、それを線画で書き起こした「輿地図墨線図」によると、万里の長城の北側、山岳地帯との間の大平原（現在のコンシェンタ－ク〔渾善達克〕沙漠と、シリンゴル盟にあたる一帯）になんと、無数の樹木の絵が描かれており、真ん中に「平地松林広数千里」と書かれているのを発見した。しかし、その大松林も、現在は何もない沙漠であることを考えると信じられないことだ。

また、内モンゴルの北の果て、ホロンバイル平原を流れるハイラル河に沿って、かつてはロシア国境の満洲里からハイラルまで、帯のような砂丘列が三本あり、その砂丘には樟子松が鬱蒼と繁っていたという。地元の老人から何度も聞いた。今はない。私は浜洲線の嵯崗《さがん》の駅から砂丘に入り三十メートルの丘を何度も上がり下りして、砂丘の真ん中の斜面でなくなったはずの樟子松（樹齢三十年くらいか）を数十本も発見したことがある。ホロンバイルの砂丘には、一本松、二本松といった地名も残っているのに、今は木がほとんどないといっていい。ロシアが一八九六年（明治二十九年）にシベリア鉄道（初期の）敷設を開始、その後ホロンバイルを横断。そのころは石炭ではなく薪を焚いたから、どんどん沿線の木を切ったのだという。もちろん河北省や山東省、山西省からやってきた沿線の漢人も冬は木を切ったのである。取り戻すには一世紀かかろう。いやもう取り戻せないかもしれない。

ここまで書いたとき、わが故郷の田舎の町から電話がかかった。私の小学校の母校が廃校になり、運動場の真ん中にあった樹齢二百年とも思える枝垂れ柳の樹が切られたというのである。その後、運動場は整地され、分譲建て売り業者が、区画に分けて販売していると。それでなくても過疎の町、空き家だらけの町で新たに分譲も宅地造成もないものだ。三分の一も売れなくて、空き地になっている。柳の樹のあったところも空き地のまま。なぜせめてそこのところだけ、柳を残し、たとえ小さな公園にでもできなかったのか、残念で仕方がない。建て売り業者と地方議員の結託であろうか。誰も樹を切ることにためらいはなかったのだろうか。太い樹は、家具屋や中国で高く買ってくれると聞いた。現代人の精神の不毛さを実感する。

子供のころから、桜の山で有名だったやはり実家近くの水源池の古い大きな桜が、どんどん切られている。しかも毎年十本ずつ。聞くと、桜の下の住民が、桜についた虫が落ちてきて洗濯物につくからだという。いったいどちらが先に植えられ、どちらが後に住み始めたのであろうか。桜は百年を過ぎると枯れて倒れるからだと近くの住民が言っているという。事実は逆である。最近のゼネコンをはじめ箱もの行政の批判を受けて、地元の土建業者の仕事がなくなっている。それで、「樹を切る」という仕事を「つくった」のだ。無責任な行政の役人に働きかけて、大木のまわりの住民が虫で困っている、台風が来たら倒れるかもしれない、そういった「世論」を、近所を回って宣伝し、無知な役所の職員に訴えて、「大木を切る」という仕事を「つくっている」のだ。役人に樹が倒れたらあなたの責任になりますよと脅している。大木を切るのは大変である。大きなクレーン何台も使って、何百万円もかかる。彼らにとって赤字の地方財政など、関係ない。業者は自分が生き残れれば、何百年もたった、二度と取り戻せない大木を平気で切るのである。

これは、私の故郷だけではない。全国的に土建業者がそのやり口で動いているのだ。市会議員や町会議員そのものが土建業者で、仕事を獲るために「議員」になっているのである。

私の属しているある東洋文化研究会の会員が自費でつくった「故郷破壊、悲しい現状を訴える」というパンフレットは、今、全国的に行なわれている大木の伐採をすぐやめさせようという文部科学大臣宛の訴えである。全国の名公園の大木を、日照を妨げるという理由で間引きするのだという。根拠のない理由を付けてどんどん切られている。小石川後楽園、栗林公園、など具体的に切られた樹の写真を公開している。田中角栄のつくったゼネコン土建国家の終末の醜い現象である。ここだけではない。あなたのまわりの公園や、故郷の樹齢何百年という大木が今日も心ない日本人によって切られようとしているのだ。すぐにチェックをして、ストップをかけて欲しい。

マスコミは夕張の市民がかわいそうだ、と相変わらずお涙ちょうだいの三文記事を書いているが、なぜ夕張の財政が破綻したのかを追求しない。誰が、赤字財政にもかかわらず、次々にハコモノを建てたのか。誰が提案し、誰が許可したのか。いま多くの市町村で、首長《くびちょう》（市長や町長や村長）が議会と衝突している。なぜか？地方議会の議員たちの多くが、業者や業者の親戚縁者だからである。議員が、自分の身内の会社のために「仕事をつくっている」からである。地方行政が本当に腐っている。みんなで公金にたかっているのだ。夕張は、人ごとではない、あなたの地方の行政もみんな多かれ少なかれ、同じようなことが行なわれている。

高松の栗林公園、東京の後楽園、六義園など戦争中にも切られなかった大木や名樹が惜しげもなく切られている。日照をよくして庭園を護るのだそうである。あるいは江戸時代の（まだ樹が大きくない時代の）庭園に戻す、のだそうである。樹が大きくなって、まわりの石が動いたので、樹を切るというのである。植木屋ではなく、土建屋が「仕事を」請け負っているのだ。栗林公園の年間予算は三億円。そのために「大名庭園保存サミット」なるものが行なわれている。参加者の多くが業者である。茶番が行なわれているのだ。そういった茶番を知っていて地方公務員は何もいえないのだそうである。私の研究会のある女性が発言を求めたら、つまみ出された。それだけではない、十八日間も勾留されたというのだ。実際に現場にいたのではないから本当のところは分からないが、とてもミンシュシュギの国とは思えないことが行なわれている。名古屋の市議会リコールの署名結果は印鑑が薄いという理由で、何万もの署名が、選挙管理委員会の名で無効にされているのである。今、日本では、さまざまなことが、まさに崩壊しようとしているのだ。マスコミの地方支社ももっとしっかりして欲しい。なれ合い政治に妥協しているのではないか。アメリカの新聞業界が地方紙から発展してきたことを考えて欲しい。

25

月見草の歌

サラリーマン哀歌——美しい花も人によっては単なる雑草

何度も言うようだが、長い人生において、誰しも、驚くほど素敵な花の風景に出くわしたことがあるはずである。特に野草の好きな私は、山歩きや、野山のハイキングの最中に、思いがけず野草の花の群落を発見し、思わず立ち尽くしてしまうことがあった。その光景は、長い間脳裏に強く刻み込まれていて、時折、頭をもたげては、私を幸せにしてくれる。ちょっとオーバーにいえば、その想い出は人生の宝でもある。ところがその花の群落の美しかったことだけを強烈に覚えているから、はたしてその花の群落がどこであったか、ということも分からなくなっていることもある。いくつかの想い出は、まるで走馬灯のよう

に何度も浮かんでくる。

まだ子供だったころ、小学校の中ぐらいの学年のころだったかも知れない。私はよくひとりで、自宅から山に登った。私の町の背後に、七百メートルと少しの屹立した山があり、そのすそ野に住んでいた私は、峠に向かう未舗装のバス道路に沿って、しばらく登り、そこから山に入った。少し登ったところに、地元の人たちが小松原と呼んでいる松林があって、よくそこで松葉かきをした。持って帰って、焚きつけにするのだ。空いた炭俵に松葉をギュウギュウに押し込んで、ふた俵、背負い子で背負って、さらにその上に、松の枯れ枝を束にして積んだ。子供のすることながら、しっかりと家の役に立っていたと思う。

峠に続くバス道は、グルグルと山の斜面を縫うように上っていき、その両側は段々畑だった。このあたりの段々畑は、水の確保が難しく、湧き水のある広い谷のようになったところだけ、田圃があった。少ない田圃に、春にはレンゲの花が一面、きれいだった。そのころは緑肥としてレンゲを植えていたのである。

山の谷が、狭く、傾斜が急なところは、段々畑も作れないので、そんなところは、昔から墓にしたらしい。段々墓である。縦縞のように襞のたくさんある山の斜面に、尾根の部分や、広い谷の部分は、段々畑や田圃として利用し、狭い谷や、日当たりの悪い谷は、段々墓というわけである。段々墓はあちこちにあった。

浄土真宗の門徒が多い地方である。お盆になると、近所の雑貨屋や、ときには八百屋まで、色鮮やかな竹と色紙で作られた灯籠が並べられる。一本の竹の上の方をひと節分、六つに割り、上に開いた六角錐の間の、逆三角形の部分に色とりどりの紙が貼ってある。六角錐の底は蝋燭を立てるようにしてあった。

お盆の前には、どの家も、その灯籠を買って帰り、自分の家の墓の前に立てる。はっきりとした決まりはないが、一本だけ立てる家もあれば、その墓に入っている人の数だけ立てることも多い。たくさんの灯籠が立っている墓はたくさんの人が葬られていることでもある。ときに真っ白い紙の貼った灯籠が立っていることもある。その墓は、昨年のお盆から今年のお盆のあいだに、新たに人が亡くなり、いわゆる新盆を迎える墓である。近所や知っている人の墓も、お互いによく分かっていたから、その白い灯籠を見て、「あれ、あそこのおじいさんが、亡くなったらしい」ということも分かるのである。

人々は、お盆の三日間、毎晩夕方になると、自分の家の灯籠に、火を入れに行く。いつもは人の行かない段々墓の狭い谷にたくさんの人が一度に集まるのだ。人ひとりしか通れない狭い段々墓の間の曲がりくねった道を、三日間だけ、しかも夕暮れに、たくさんの人が上り下りする。そこで、日頃はめったに出会わない、幼なじみや、遠い親戚の人に会えるのもこのときだ。中学校や高等学校の同級生が、都会から帰って来たり、あるいは別の町に働きに行っている友人が、お盆だけは帰ってくる。旧友と再会し、狭い急な階段や坂の途中で小さな同窓会が行なわれることになる。懐中電灯や、中にはちょうちんを持ったまま――。田舎のお盆の良さでもある。

こうしてお盆のときは三日間だけ、山のあちこちの段々墓で、一斉に灯籠に火が入るから、海岸線を走る列車の窓や車からから見ると、暗い山のあちこちに、ちらちらと灯りがともり、独特の雰囲気をつくる。瀬戸内のお盆の風物詩である。

小学校四年生か、あるいは五年生だったかもしれない。もう夏が終わろうとしていたころ。私はひとりで、山に入った。ちょっと長めの散歩である。あちこち歩いては草や花、ヤマガラやジョウビタキを捜し、あるいは谷に降りて清水の流れるのを見たりした後で、山を下りてきた。小松原を通り、いつもと違う道を下ってくると、ちょうどある段々墓の上に出た。段々墓の一番上の方は、少しばかりの尾根になっていて、平らな広場に墓がたくさん立っている。左右はやはり段々墓になっていて谷のそこまで続いていた。夕暮れが迫っていた。まだ少しばかり夕焼け空が残っていて、あたりはまだほんのりと明るかった。早く下りなければ、暗くなってしまう。

ところが、次の瞬間、私は異様な光景に気がついた。辺り一面、墓という墓の周りに月見草が咲いていたのだ。黄色い小さな花が、夕暮れのほんのりとした明るさの中で、まるでネオンのように光って咲いていた。そしてその黄色の群落をさらに盛り上げるように、昨日咲いた濃い橙色のしぼんだ花も無数についている。二種類の色の違う花の混ざり具合が、華やかでそれでいて可憐である。それは谷の下の方まで続いていた。誰もいない、無音の、薄暗い山だった。

すばらしい山の夕暮れであった。このときの月見草の群落を、六十年近くたった今でも私は覚えている。その後、一度もそういった月見草の風景と、時を、体験したことはなかったから、少年時代の貴重な一瞬だったといえよう。人生、たった一度のめぐり合わせだった。

ツキミソウというのは、本来は白い花についた和名であるが、一般的には黄色い花のマツヨイグサをさす場合も多い。宵待草ともいう。最近は外国から入ってきた背の高い、大きな花の咲くオオマツヨイグサが相当はびこっているが、本来、日本にあるマツヨイグサは、背の低い、小さな可憐な花である。ずいぶん雰囲気が違う。

宵待草といえば、竹久夢二だ。大正浪漫の代表的な、画家であり詩人でもある。みずからの恋の体験を題材にした詩、「来ぬひとを宵待草よ誰を待つ」を書き、さらにそれが映画にもなり、歌となった。これが後々までも有名になる。

待てど暮らせど来ぬ人を、宵待草のやるせなさ、今宵は月も出ぬそうな

誰でも知っている歌である。余談であるが、これに友人の西条八十が二番をつくった。

暮れて河原に星一つ、宵待草の花が散る、更けては風も泣くそうな

駄作である。いうまでもなく、宵待草は花びらが散らず、夕方に黄色い花を咲かせて、明け方にしぼむ。しわくちゃになって、しぼんだまま、色を変える。黄色い花が橙色に変化するのだ。これが次の日も残っていて、翌日の夕方に咲く黄色い新しい花と一緒に、草原や墓場を彩るのだ。

あるとき私のこの月見草の幼いときの想い出を、研究会仲間のT先輩に話をしたことがある。すると彼は即座に、「月見草といえば――」と次のような話をしてくれた。

Tは世界的に有名な合繊企業に勤めていた。その企業は、戦前からの大会社で、日本を代表する総合化学会社。国内各地に研究施設や工場を持っていた。Tはアメリカ留学経験もあり、優秀な研究員だったが、あるプロジェクトが中止になり、クサっているところに、イタリアのミラノ駐在が命じられた。研究機関から営業部門への転進である。サラリーマンとしてまったく新しい道が始まったのである。しかし、器用なTは、すぐにイタリアに溶け込み、イタリアの歴史、文化にも興味を持ち、数年滞在する間に、すっかりイタリア通になった。
マスコミでも有名な社長夫人がよくイタリアに来て、オペラを見に行くのでチケットを押さえたり、常にドイツ製の重曹の入った風呂を要求するので、ドイツまでその重曹を買いに行ったりした。どこの企業もそうだが、駐在員としては肝心の仕事より、そういった接待の仕事も多かったのである。

一方、Tの仲間に、山口県岩国出身のY理事がいた。あちこち転勤する間にも、停年後は故郷に帰って住もうと、岩国に自宅を一軒購入した。だがなかなか帰れない。空き家の庭に雑草がはびこるので、庭一杯に月見草の種を買ってきて蒔いておいた。風流な男である。停年後は、自宅の座敷から月見草を眺めながら一杯――とYはそれを夢見ていたのである。

ところが、夏も終わりかけ月見草が咲き始めたころ、別の都市にいるYのもとに、電話がかかってきた。岩国の家の隣のおやじからだった。お宅の庭に雑草がはびこって困るから全部刈り取ってくれという話だった。せっかく植えた月見草だったが、隣の親父からすれば、単なる雑草に見えたわけだ。日頃留守にしている弱みもあって、Yは仕方なしに、植木屋に連絡して庭の月見草を全部刈ってもらったのである。

Yは会社の中の研究員としても優秀で、ある重要な化学装置を会社のために開発し、それが後に、社史に載ったのである。その装置の開発にはYの功績が大であったと。ところが、その社史を見た現社長が、焼き餅をやいた。その開発のチームの所属していた本部長は私なのに、私の名前が出ていないと——。そして社史を編纂した人間にも文句を言った。この社史を公開すると、他の企業に秘密を盗まれるから公開しないようにと。社史をつくった人は「すでに数十年前のこと、どこの会社にも秘密にする必要はありません」と反論したという。そのことがあってから間もなく、Yは社長から退職勧告を受ける。理事だった彼はやめざるを得なかったらしい。仲間だったT先輩はびっくりした。だが、Yは何も言わないでやめていき、すぐに有名な某国立大学の教授になった。

一方Tは、日本に帰っていたが、イタリアに精通し、ヨーロッパにも強いことから、何度かヨーロッパに出張させられた。Yの首を切った例の嫉妬深い社長にも同行して、いろいろな交渉事にヨーロッパまで出かけたことも多かった。社長との旅は神経を使った。

あるとき、その社長と一緒に、ドイツの製薬会社との交渉事があった。会議の後、例によって会食。先方の製薬会社が接待をしてくれたのである。その席で、イタリアの有名なサッシカイアというワインが出た。Tは驚いた。近年、世界的に有名になったイタリアの新興ワインである。Tは嬉しくなった。このワインを出してくれた先方の会社の心配りに感謝した。自分がイタリアに長く駐在していたことを十分承知のうえで、イタリアの世界的にも著名な最高のワインを出してくれたのだ。

そのサッシカイアというワインは、イタリアのトスカーナでできたワインだが、ぶどうの品種はイタリアのものではなかった。あるイタリアの公爵が、自分の領地にぶどう畑をつくるとき、フランスのカベルネ・ソーヴィニヨンという種類のぶどうを持ってきて植えたのである。この小石混じりの土地に植えられたフランスのぶどうからつくられたワインが、すばらしかった（サッシカイアとは小石の豊富な土地という意味）。一九九〇年代にはワインの世界コンクールで、歴史のある並みいる有名ブランドを押さえて、三年連続で金賞をとったのである。そのため、サッシカイアは一躍世界的ブランドになり、品薄状態になったという。

みんなでワインをのみながら、イタリア通のTは、自分がよく知っているサッシカイアの謂われと、トスカーナのそのワインをつくっているボルゲリ村の話をした。ドイツの製薬会社の役員も目を丸くして驚いた。自分たちの出したワインについてこんなによく知っている人がいるとは――。

ヨーロッパの製薬会社や、化学関係の会社は、もとはワイナリーから出発した会社が多く、みな接客用のレストラン（キャンティン）を持っているという。そのためのワインの貯蔵量も相当なもの。しかも会社には、ワイン・コミッティーという委員会があって、自社のワインの貯蔵や、購入するワインの選択、あるいは接待用のワイン選びは、その委員会で決定する。このメンバーに選ばれるのは、会社の重役になるより難しいともいわれ、名誉ある役職だとも。Tのイタリア・ワインの講釈に、ドイツの会社の役員たちが喜んだのはいうまでもない。彼らもまた、ワインについてはオーソリティーだったからである。

不愉快になったのは、例の社長だった。「俺が会社の代表なのに、貴様がでしゃばってしゃべりまくって、貴様は俺の顔をつぶすきか――」と後になって怒った。Tは「いや、私が代わりに社を代表してワインの御礼をいったまでです」と弁明したが遅かった。

わがままな社長であった。上昇志向が強く、他人を押し退けても、這い上がる――。

なにせ先輩である副社長を追い抜いて社長になった男である。社長になるとすぐに先輩の副社長もクビにした。並の人間ではなかった。

翌年、Tは理事をクビになった。あの仲間のYのときと同じであった。

何年かのちのOB会で、TとYは顔を合わせた。「お元気そうでなによりです。私もあなたと同じ目に逢いましたよ」と。するとYは平然と言った。「所詮、サラリーマンは月見草ですよ。どんなにきれいに咲いていても、社長や、隣家の親父から見れば、雑草にしか見えないんです。それに月見草は夜に咲くからなあ、鳥目の人間には見えないんですよ」。そういって硬い握手をしたという。

26

オバマが広島にやってきた

戦争はかぼちゃを悲しい野菜にした

アメリカの大統領が、広島に来た。

広島の近くの町で育ったものとしては、心中複雑なものがある。小さいときから原爆が身近にあったからだ。小学校では、「原爆教育」なるものが行なわれた。あるときは広島の川に行って、焼けた原爆の被害にあったモノを集めたこともある。溶けたサイダー瓶や焼けた瓦、まがったスプーンなどの生活用品を拾って展示した。もちろん原爆資料館にも二回行った。二回目は人を案内したのでやむを得ず行ったが、二度と行かないつもりだ。小学校六年生のとき、正式の名前は覚えていないが、広島市でアメリカが企画した「原爆の平和利用大博覧会」があった。アメリカが広島でそういった展覧会をしたというのは、それなりに意図があったと思うが、まだ幼かった私は、単純に、プルトニュームやウランが、平和産業にも役立つのかと思った。ガイガーカウンターというものもそのとき初めて見たのである。中でも「マジックハンド」と言ったように思うが、(放射能を避けるために)ガラス越しにこちらから向こうの部屋のものを動かす装置が面白かった。こちらの部屋で手を動かすと、むこうで器械の手が同じ動作をするのである。

その後私は、東京に出てきて就職したが、三十代になって気がついたことがある。当時は南太平洋で各国が盛んに原水爆の核実験をしていたときだが、私の同僚がそういった話をしているとき、なぜか自分がその話から身を引いていることに気がついたのである。もう長い間、自分でも気がつかないうちにそういった話を避けていたのである。これも原爆教育の副作用かも知れない。

このことに気がついてから、ひとつ私がつっこんで取材したことがある。それが広島では少し前から行なわれていた「テン・フィート運動」である。これには面白い裏話があった。ある広島の市民グループが、ニューヨークの国連本部の近くで、写真展をやった。ひとり何点かずつ、被爆当時の写真を大きく引き延ばして展示した。そのとき見に来た初老のアメリカ人が、何点かの写真をあまりにじっと見ているので、関係者が声をかけると、これらの写真のいくつかは自分が撮ったのだという。聞いてみると、その老人は広島の原爆投下直後に、兵隊として広島市に調査に入り、たくさんの写真を撮ったのだという。しかし、それらの写真はすべて軍に収めて、自分でも見たことがなかったと。だが、自分の撮った写真は何十年たっても忘れないものだ。被爆した子供とか、火傷をおった女性とかその顔は一生忘れないと――。

その老人はさらに大切なことを教えてくれた。

今、アメリカでは公文書の公開条例により、ワシントンの国立公文書館でたくさんの当時のスチール写真と、それにムービーも公開されているはずだと――。

そこで展覧会の代表者がアメリカに残り、ワシントンに行くと確かに見たこともないたくさんの広島の写真と、それに十六ミリのムービーさえあった。それで、日本に帰ってからみんなに、ひとり当たり千円の寄付を募り、その千円の寄付金で十六ミリフィルムの十フィート分だけ複写して日本に持ち帰るという運動を起こしたのである。集まったフィルムは何時間分にもなり、各地で上映されたのである。私が大人になって原爆にかかわる仕事をしたのはそれだけである。

さて、前置きが長くなったが、「戦争とカボチャ」というエッセイを紹介しよう。このエッセイを書いたのは、東北の大地震があった直後、石巻に「花だいこん（諸葛菜）」の種を蒔きに出かけ、高台から「すべて流された」石巻の町の荒廃した光景を見たときである。

東北大震災である。高さ十メートル以上という、まるでダムが一挙に決壊したような大波が、東日本を襲い、多くの市や町を飲み込んだ。水が引いたあとは、わずかな鉄筋コンクリートの建物の残骸を残して、町は廃墟と化した。まるで何もない荒れ果てた広野である。

そうした光景を見ていて、今から六十年以上前の終戦後の日本の町々の写真を思い出すのは私だけではないだろう。B－二九の空襲により、日本中が焼け野原になったのを、よもや日本人は忘れたわけではなかろう。木造家屋はすべて焼け、わずかばかり残った鉄筋の建物も、内部はすべて燃え尽きた。まさに今回の震災の映像と同じようである。日本全土を、しかも非戦闘員を無差別に焼き殺すという、世界史に例のない大量殺戮を、今、日本人はどれほど認識しているのか。B－二九の波状攻撃は、今回の津波に似ているという。空襲警報も、避難勧告と似ている。焼夷弾だけではない、爆弾による爆撃も、海に近い都市では軍艦による艦砲射撃もあった。

徹底的に焼き尽くせば人間はおとなしくなる。もう、二度と戦争は起こしません。武器も一切持ちません。ただひたすら平和を祈るのみ。「祈りの世界」に入る。勝ち誇った人たちは、再びベトナムで北爆を敢行した。

話が横道にそれそうなので、ひとまず軌道修正する。

被災した人たちは本当にかわいそうである。慰める言葉もない。しかし、ただひたすら祈りの世界に入らないでもらいたい。がんばって再建の道へ邁進してもらいたい。私があえてここで言いたいのは、日本人の経験したこうした災難は、今回が初めてではないということである。大戦末期に、全国で焼け出された人はもちろんそうだが、忘れてならないのは、遠く満洲や、北朝鮮から日本に帰って来た何十万人もの人たちをである。この人たちのことを、戦後多くの人たちは一般的にあまり話題にしなかった。突然のソ連軍の進入に、多くの日本人が殺され、「逃避行」に移った。その悲惨さは、多くの手記によって残されているが、一般にはあまり顧みられていない。そこでは、着る物も食べる物もないばかりか、ソ連軍の暴行、地元民からの襲撃が相次いだ。日本人の学校に非難して、収容所としたところは今回の被災者と似ているが、誰も毛布を配ってはくれなかったし、まして焚き出しなんかなかった。そして誰も慰問などに来てはくれなかった。多くの人が栄養失調と、冬の寒さと、発疹チフスのために親や子の傍で死んでいったのである。満洲や、北朝鮮の山には今でもそうした人たちが無数に眠っているのだ。

こうした日本人の経験も、今回の災害でぜひ思い出してもらいたいと思う。辛い経験をしたのは沖縄だけではないのである。

終戦後の焼け跡や焼け残った家の間を、私は小学校に通った。坂の多い町で、階段状の石垣の両側にも家が残っていた。狭い庭、そのみすぼらしい垣根に、いろいろなカボチャがなっていたのを今でも思い出す。多くの家で、どんな狭い庭でもカボチャを植えていたからである。狭い土地でも少しの土があれば、蔓が上にのびて、垣根や黒い屋根瓦の上に這わせることができる。もちろん食料難を補うためだった。夕食はさつまいもの蒸かしたものだけ。次の日はカボチャだけ。そういったことも多かった。昼も夜もそうした食卓だった。

小学校の高学年になって読んだある本の巻末に「戦争とかぼちゃ」という詩があった。清水たみ子という人の詩である。

ぜひ読んでもらいたいので、少々長いが全文引用させていただく。

「戦争とかぼちゃ」

まい年、夏になると、
やお屋の店さきに
カボチャがでてくる。
そうすると、わたしは、
いつも思い出す。

戦争にやぶれたあの年、

東京のやけあとには、
カボチャが、たくさん、はっていた。
「なにがなんでも、カボチャをつくれ。」
やけのこったコンクリートのへいや、電柱に、
そんな標語が、
べたべた、はってあった。
小さいわたしは、
やぶれた運動ぐつで、
「な、に、が、な、ん、で、も、カ、ボ、チ、ヤ、を、つ、く、れ」と、
一つ一つ、立ちどまって読みながら、
学校に行った。
やけなかったわたしたちの学校には、
同じ町の、やけだされた学校が、
同居していた。

本も、ノートも、えんぴつもない子ばかり。
「おかあさん、
学校のそばのやみいちじゃ、
イワシが、七ひき、十円よ。」
わたしたちは、そんなことばかりいっていた。
そしてまい日、
カボチャをたべた。
いりまめごはん、おさらにカボチャ、
おわんにもカボチャ。
「かあさんのいなかでは、
カボチャを
ボンボラっていうのよ。
おもしろいでしょ。」
だまってたべているわたしたちを、

おかあさんは、
たのしくわらわせようとするのに、
みんな、わらわなかった。
くうしゅうのはげしいばん、
病気でなくなったおとうさんを、
みんなが、心に考えていたんだ。
「じゃ、クリカボチャ、キクカボチャは、
クリボンボラ、キクボンボラね、
ボンボラ、ボンボラ。」
わたしが大きい声で言ったら、
ようやく、みんなが、わらったっけ。

電車のなかにも、
カボチャは

いばって、のっていた。
人間が、
カボチャのリュックに、おしつぶされて、
くるしがっていた。

あのころ、
おとなりの栗木さん一家は、
どこかへ、ひっこしていった。
ひっこしの朝、
庭のカボチャを、
ゴムまりぐらいのちいさいのまで、
ぜんぶ、ちぎってもっていった。
「すぐ、たちのけ、なんていう、
不人情なやつらに、

たんせいした野菜を
のこしてやることはないんだ。」
いつもおとなしいおじいさんが、
だだっこみたいに、
庭で、どなっているのを、
おかあさんは、聞いたという。

「カボチャ、カボチャ、クリボンボラ。」
うたのように、くりかえしていると、
なにか、こっけいで、たのしい野菜なのに、
戦争は、
カボチャを、かなしい野菜にした。

という詩である。まさに私の幼少期の体験そのもののような詩であった。

カボチャが小学校の行き帰りに、どの家でも植わっていたからである。しかも、あるとき突然に顔見知りの家が、引っ越しをしていなくなることも多かった。親戚の家を頼って引っ越したのだろう。引っ越した後は、ほんとうに、小さなカボチャまで、全部なくなっていた。

ずっと後になって、成人した後も、私は蒸かしたさつまいもと、カボチャだけは嫌いだった。子供のころ、あまりにもたくさん食べたからである。いや食べさせられたから。カボチャは見るのもいやだった。

カボチャといえば、もうひとつ思い出がある。母から聞いた話だ。
昭和二十年の八月六日、いうまでもなく広島に原爆が落ちた日である。
その日の朝、祖母は私を背負って台所にいた。昔の家の台所である。土のままの土間。そこに流しとかまどがふたつあった。流しといっても水道はなく、横に大きな水瓶があった。井戸水を汲んで溜め置くのである。大きな流しであった。その流しの下に祖母がしゃがんでいたのだという。何かを取ろうとしていたのかもしれない。そのとき薄暗い台所の、しかも暗い流しの下が、突然の光でパッと明るくなった。驚いた祖母は裏庭に出る。やがてドーンという鈍い、空を揺するような大きな音がして、西の空から不思議な雲がもくもくと立ち上がったのだという。それが原爆だった。

当時、私と両親は母方の祖母の家にいた。すでに何カ月か前、住んでいた家は空襲に遭い焼け出されていた。爆心地から直線距離にして十八キロのところであった。

もちろん直接的な被害はない。しかし通勤圏内。近所には毎日広島に働きに行っている人も多かった。ちょうどその日、私の家の二軒上の若い奥さんが、広島の西の柳井というところの実家に行っていて帰るところだった。汽車が広島の駅に停まっているところで、上空で原爆が炸裂。列車は横転し、大騒ぎになったという。何がどうしたのか分からないまま、奥さんは気がついたら線路の上に投げ出されていたという。あるいは夢中で這い出したのかもしれなかった。服は破れ、背負っていたリュックも破れていた。リュックの中には、実家でもらったカボチャが、大きいもの小さいものとりまぜて三十個も入っていた。持って帰って家族に食べさせようと背負ってきたものだった。

しばらくして奥さんは線路の上にやっと起き上がり、何とかして家まで帰らなくてはと思ったという。

広島から呉まで、昔の汽車で一時間かかる。海岸線を大きく回り込んで線路に沿って歩かなければならない。呉駅に着いてからさらに家まで、山のふもとの坂の上までかなりの距離である。歩くのは大変であった。それも被爆して身体にショックを受けている。それでも奥さんは、線路をつたって歩くことにした。

途中、奥さんは背中のリュックを捨てようと、何度思ったか知れない。背中に肩に、カボチャの重さが食い込んだ。足が前に進まなかった。何度もレールの上でひっくり返っては倒れたという。

およそ一昼夜かけて、つまり夜中中歩いて、次の日の夕方、奥さんは家まで帰ってきた。家にたどり着く手前、わが家の前で母の顔を見てへたり込んだ。そして広島駅での体験と周囲の状況、線路の上を歩き続けてきたことを話したという。ぼろぼろになった麻の袋を縫い合わせた大きなリュック、その中に入っていた三十個のカボチャが、数えると半分になっていたという。おそらくひとつふたつと、破れた穴から線路上に落としたのであろう。

どこで落としたか、いつ落ちたかも奥さんはまったく気がつかなかったと。死に物狂いで歩いていたからである。

その日の晩、つまり昭和二十年八月七日のわが家の夕食は、そのカボチャだった。壮絶な思いで背負ってきたカボチャの一番大きいのを、わが家にひとつおいていったのだという。つまりその日わが家は全員被爆カボチャを食べたことになる。

その後、アタマの悪いのと、時間にルーズな点を除いては、被爆カボチャの後遺症は私には残っていない。わが家の全員もそうである。カボチャをくれた奥さんはその後しばらくして入院したという。

そしてまたしばらくしてその家は引っ越してどこかに行ってしまった。

「おそらく、あの人は無事ではいまい」

と母は言った。

無事でない人は私の周りにたくさんいた。

小学校の帰り道、ちょっと横道にそれた細い坂道に、顔中あちこち皮膚が引きつったおじさんがいた。つまり原爆による火傷で、顔中ケロイド状態になっていた。そのため両目も通常の形をしていなかった。とても人間の顔ではない。

あるとき、ひとりの子供がそれに気づき、仲間に教えた。「その家の前を通ると、お化けのような恐い顔をしたおじいさんがいるよ」と。帰り道、我々は見に行った。確かにそのおじさんは恐い顔をしていた。しかし、それ以上におもしろかった。片方の目がひょっとこみたいに小さく丸くなっていた。

次の日、子供たちは、また別の友達を連れて行った。しかし、いつも見られるわけではない。運がいいときも、そうでないときもあった。そのうち、いないときには玄関に向かって「おじいさ～ん」と言って叫ぶのである。すると中からおじいさんが出てくる。子供たちは、その顔をまじまじと見て「おばけー」といって一斉に逃げるのである。怖いもの見たさもあったが、ずいぶんひどいことをやったものだ。

二、三日たつと、ある子供が、そのおじいさんにお菓子を貰ったという。「本当はいいおじいさんなんだよ」と、その子は言った。それからしばらくはお菓子を貰うために、その家の前に行くようになった。子供たちに好かれようとして、毎日お菓子を用意していた老人の心情は、今思うと辛いものがある。

そのおじいさんもいつのまにかいなくなった。いつ行っても玄関がずっと閉ざされたままであった。

小学校には被爆した先生もいた。まだ若い男の理科の先生だった。色の白いがっしりした体格の先生だった。

「僕の身体には、ガラスの破片が無数に入っているんだ」

と、初めての授業で先生は言った。広島で、あの日、朝八時十五分、先生は部屋の中で、庭の方を向いて立っていた。和室の部屋の外に廊下があり、その周りは一面のガラス戸だった。閃光とともにガラスが砕け、先生の方に向って一斉に飛んできた。体中にガラスが突き刺さったという。

突き刺さった、大きなガラスは取れても、砕けた小さなかけらまではとりきれない。それが今でも身体の中にたくさん入り込んでいるのだと先生は言った。我々は驚いた。それでも生きているのかと。

その先生もやがて別の学校に行ったが、しばらくして亡くなられたと聞いた。

学校で同じ学年ではなかったが学年下に少し色の黒い、髪のない坊主頭の子がいた。スカートを穿いてピンクのシャツを着ていたから女の子に違いない。坊主頭の上に、うっすらと産毛のような薄い毛が生えていた。それもふわふわと長いから、余計目立った。昼休みに大勢が遊んでいるときもその子はすぐに目についた。女の子なのに、かわいそうだと思った。後で考えると、私より下だったから、おそらく体内被爆だったのだろう。その子もやがて転校して行った。その子の周りにいたわけではないから詳しくは分からないが、おそらく容赦のない子供たちからいじめられたのに違いない。

このような話は、いろいろあった。近所の息子さんが嫁を取ることになったが、いざ結婚式の前になって、相手の女性が実は「ピカドン」ということが分かり、結婚が破談になったという。ピカドン、つまりあの日、広島で原爆に遭ったのである。ピカドンに遭った人のことも「あの人はピカドンじゃ」と言うふうに呼ぶ。ピカドンに遭った人は、現在健康なようでも、あとで必ず病気になり死んだり、後遺症が現われるから、嫁入りのときは決定的な破談要因になる。それで、ピカドンに遭ったということを隠している人も多かった。あの日、八月六日に結婚相手がどの町にいたか、つまり爆心地からどのくらいの距離にいたかを調べるのも、仲人の役目だったのだ。

カボチャは次々にいろいろなことを思い出させる。まるで走馬灯のようだ。

東京に出てきて五十年、最近になって私はやっとカボチャがおいしいと思うようになった。長い間食べなかったからだ。品種改良のせいもある。

四年ほど前から自宅の狭い庭で野菜を作っている。ところが、カボチャだけはうまくならない。一年目は全滅だった。カボチャなんか、どんなところでもできると思っていたのが甘かった。焼け跡でいたるところにカボチャが植えられていたからである。日当たりのいいところ、肥料をたくさん、蜂がいて雌花への受粉が可能なところ、また根の張る周囲の土もかなり耕さなければならないことを知った。なかなか手間のかかる贅沢な野菜である。カボチャが、半世紀かけて高級野菜として名誉回復したのだ。

カボチャ、カボチャ、クリボンボラ。今では、何がなんでもカボチャをつくるという人はいなくなってしまった。戦争はカボチャを悲しい野菜にしたが、今では若い人たちが、アメリカで盛んなハロウィンの祭りを真似て、カボチャのランタンをつくったり、仮装して街を練り歩いている。

著者紹介

細川呉港

（ほそかわ・ごこう）

広島県出身。集英社に入社後、宣伝部、雑誌編集部を経て、つくば科学万博副館長、学芸編集部長を最後に定年。中国担当として長年中国を取材。現在フリー。東洋文化研究会の運営は今年で二十九年目。著書に『中国旅の大地図帳』集英社。『満ちてくる湖』平河出版。『ノモンハンの地平』光人社。『日本人は鰯の群れ』編訳・光人社。『草原のラーゲリ』文藝春秋社。『紫の花伝書』集広舎。『桜旅』愛育社。その他『台湾万葉集』など、編著多数。

花《はな》人《ひと》情《なさけ》
めぐり逢いこそ人生

二〇一七年四月一日 第一刷

著者——細川《ほそかわ》呉港《ごこう》
発行者——伊東英夫
発行所——株式会社愛育出版
東京都荒川区東日暮里五−五−九
電話——〇三−五六〇四−九四三一
ファクシミリ——〇三−五六〇四−九四三〇
印刷・製本——中央精版印刷株式会社

ISBN978-4-909080-04-2
C0095 ¥1600E

❖ 細川呉港の本

『桜旅』

全国各地の桜に隠されていた秘話と関わった人間を追う。あるぽっぽ屋の千島桜。河津桜の発見の経緯。親鸞と法然のしぐれ桜。満蒙開拓団の生き残りが植えた金閣寺の奥の桜谷。京都嵐山、平家物語の小督の桜。奈良の都の八重桜とは。西行桜を見て死にたい女――など。他にノモンハン桜、日本語教育を受けた台湾の男の桜秘話も。

愛育社（1800円＋税）

『紫の花伝書』
昭和四十三年ごろから東京の国電千駄ヶ谷駅周辺から急速に広がった菜の花を紫にしたような「花だいこん」。中国大陸から伝来したこの野草を、戦前戦後を通じて、日本に伝えた五人の人たちの、五つのルートと人生を追う好著。
集広舎（2200円＋税）

『草原のラーゲリ』
満洲のハルピン学院を卒業し、日本語の高等教育を受けたひとりの蒙古人が戦後たどった苦難の人生。三十四年間の投獄と強制労働の後、奇跡の復活を遂げ、日本語学校を成功させるまでの感動の歴史。青海省の草原で馬とたったひとりでの生活は心を打つ。キリル文字、タテ文字のモンゴル語訳も刊行。中文訳近刊。
文藝春秋社（2476円＋税）

モンゴル語
キリル文字版

モンゴル語
タテ文字版

『日本人は鰯の群れ』

なぜ日本人はだめになったのか。戦前も戦後も、国際社会の現実を知らない日本人が陥りやすい欠点とは。中国の現代史を例に、社会主義の夢を見ていた日本人を徹底的に批判、分析した評判の本。編訳。

光人社（1900円＋税）

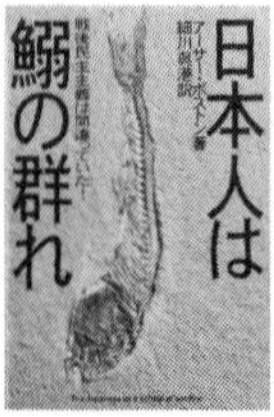

『ノモンハンの地平』

戦後日本人として初めて、中国側からノモンハンの戦場に。二三師団の海拉爾地下要塞も初めて撮影。四輪駆動車を駆使して、かつての戦場の草原や沙漠を何度も探索。現代の兵用地誌とホロンバイル草原の自然をさぐる。

光人社（2300円＋税）。NF文庫は（762円＋税）

[文庫版]

『満ちてくる湖』
中国大陸東北部、ソ連国境草原にある巨大な湖ダライノールが有史以来、大きくなったり、小さくなったりしていることを、実際に何度も踏破し、さらにさまざまな古文書、古地図の渉猟から明らかにしていくドキュメント。
平河出版（2300円＋税）

〈東洋文化研究会編纂の本〉

『北京探訪』知られざる歴史と今
北京をよく知る三十人の識者が、古都に隠されているさまざまな秘話を公開。目から鱗の北京。これであなたも北京通になれる。
愛育社（1800円＋税）

『中国の暮らしと文化を知るための40章』
中国人の食文化から、生活、文化、伝統など、具体的なお話しを四十項目挙げて、説明、解説。これ一冊で中国社会のすべてが分かる。
明石書房（2000円＋税）